余秋雨定稿合集

文化苦旅
千年一叹
行者无疆

中国文脉
君子之道
修行三阶
极品美学

老子通释
周易简释
佛典译释
文典一览
山川翰墨

借我一生
门孔
暮天归思
余之诗
冰河（小说及剧本）
空岛·信客（小说）

世界戏剧学
中国戏剧史
观众心理学
艺术创造学

北大授课
境外演讲
台湾论学

附集：语录和文辑
大美可追（余秋雨的文化美学）
内在的星空（余秋雨人文创想）

暮天归思

余秋雨　著

TWILIGHT REFLECTIONS

北京联合出版公司
Beijing United Publishing Co.,Ltd.

余秋雨简介

中国当代著名文学家、美学家、史学家、探险家。

一九四六年八月生，浙江人。早在“文革”灾难时期，针对以“样板戏”为旗号的文化极端主义，勇敢地潜入外文书库建立了《世界戏剧学》的宏大构架。灾难方过，及时出版，至今三十余年仍是这一领域的权威教材。

二十世纪八十年代中期，因三度全院民意测验皆位列第一，被推举为上海戏剧学院院长，并出任上海市中文专业教授评审组组长，兼艺术专业教授评审组组长。曾任复旦大学美学博士答辩委员会主席、南京大学戏剧博士答辩委员会主席。获“国家级突出贡献专家”、“上海十大高教精英”、“中国最值得尊敬的文化人物”等荣誉称号。

在担任高校领导职务六年之后，连续二十三次的辞职终于成功，开始孤身一人寻访中华文明被埋没的重要遗址。所写作品，往往一发表就哄传社会各界，既激发了对“集体文化身份”的确认，又开创了“文化大散文”的一代文体。李光耀先生说：“二十世纪后期，海外华人重新对中华文化产生感动，主要是由于余秋雨先生的书。”

二十世纪末，冒着生命危险贴地穿越数万公里考察了巴比伦文明、克里特文明、希伯来文明、阿拉伯文明、印度文明、波斯文明等一系列重要的文化遗址。他是迄今全球唯一完成此举的人文学者，一路上对当代世界文明做出了全新思考和紧迫提醒，在海内外引起广泛关注，被国际媒体选为“跨世纪十大国际人物”之一。

他所写的大量书籍，长期位居全球华文书排行榜前列。在台湾，他囊括了白金作家奖、桂冠文学家奖、读书人最佳书奖等多个文学大奖。在大陆，获鲁迅文学奖、全国优秀教材一等奖、上海文学艺术大奖。多年来有不少报刊频频向全国不同年龄的读者调查“谁是你最喜爱的当代写作人”，他每一次都名列前茅。二〇一八年他在网上开播中国文化史博士课程，尽管内容浩大深厚，收听人次却超过了九千万。

几十年来，他自外于一切社会团体和各种会议，不理会传媒间的种种谣言讹诈，集中全部精力，以独立知识分子的身份完成了“空间意义上的中国”、“时间意义上的中国”、“人格意义上的中国”、“哲思意义上的中国”、“审美意义上的中国”等重大专题的研究，相关著作多达五十余部，其中包括《老子通释》、《周易简释》、《君子之道》、《佛典译释》等艰深的基础工程。联合国教科文组织、北京大学等机构一再为他颁奖，表彰他“把深入研究、亲临考察、有效传播三方面合于一体”，是“文采、学问、哲思、演讲皆臻高位的当代巨匠”。

自二十一世纪初开始，赴美国国会图书馆、联合国总部、哈佛大学、耶鲁大学、哥伦比亚大学等处演讲中国文化，反响巨大。二〇〇八年，上海市教育委员会颁授成立“余秋雨大师工作室”；二〇一二年，中国艺术研究院设立“秋雨书院”。

二〇一八年五月，“天下文化事业群”赴上海颁授奖匾，铭文为“余秋雨——华文世界最具影响力的一支笔”。

现任上海图书馆理事长。（陈羽）

作者近影。二〇一九年十一月二十一日，马兰摄。

目录

第二部分　万里入心

第三部分　文史寻魂

自序

前些年，我悄悄地在天地出版社印了一本《雨夜短文》，没想到居然大受欢迎，被“全国书店之选”授予唯一的“最佳散文”大奖。参评者，有八百多家书店。

书中的大多数文章，都很短。这让我联想到一件趣事，曾在联合国总部任职的何勇先生告诉我，纽约一家华人餐厅举办“余秋雨诗文朗诵会”，很是热闹，他去听了，发现会上朗诵的，大多是冒我名字的“伪本”。这样的伪本在网络上早已层出不穷，长久风行，它们不管写得是好是坏，却有一个共同特点，那就是都很短。能风行，说明当代读者乐意接受一个“简短版余秋雨”。

这让我产生一个想法：能不能以《雨夜短文》为基础，加入一些“总体思考”的篇目，却仍然让它们保持简短？

一般说来，“总体思考”，无论是对人生还是对文化，都短不了。因为这需要统揽古今，俯视中外，并得出涵盖性的结论，那就少不了一级级论证台阶，一层层学理排场，一堆堆概念丛集。以长度来显示高度，早已是文化运作的普遍默契。我如果下决心要将一系列“总体思考”写得简短，那就必须反着来，拆除所有障碍，直闯堂奥，探取每一项所论事理的真相和本性，然后用最简洁、通畅的语言说出来，让一切学界之外的明白人也都能听得进去。

我想，这样的简短，意义已不仅仅在篇幅，如果能够建立一种轻便的话语方式，也许能使纷杂喧嚣的文化传播领域稍稍干净一点，质朴一点。

其实，这正是我几十年都在努力的事。只不过，这次做得尤其充分：题目更大，体量更小。

收入本书的六十几篇短文，大致分为三个部分——

第一部分，总名为“生命支点”，叩问此生的终极意义；

第二部分，总名为“万里入心”，唤醒平生旅途中的各种发现和感受；

第三部分，总名为“文史寻魂”，揭示高层文化的基本品相，梳理中国文脉的系列亮点。

三部分加在一起，组成了一种“具有质感的宏观思维”。本来，“质感”和“宏观”常常对立，要想把它们融合在一起，年轻人几乎办不到。只有经历了太多的风雨，钻研过足够的史籍，又能够不断地低头沉思、抬头看天的霜鬓长者，才能约略问鼎。

时至今日，我头顶的天，已暮色苍茫；飘忽的思绪，都产生于马背归途。那么，书名就叫《暮天归思》吧。

再序于壬寅初春

第一部分

生命支点

我的生命支点

总有年轻人期期艾艾地问我："您的生命支点是什么？"

"支点"非常重要。阿基米德说过，给他一个合适的支点，他就能撬起地球。那么，生命支点也足以撬起整个人生，具有终极信仰的意义。

我的生命支点是：**大悟、大爱、大美**。

大悟就是摆脱一切名位羁绊和利益诱惑，把它们全都看成是空虚的假象，于是生命也就获得了真正的自由。那些假象，看起来堂皇风光，其实只会把自己推入一条轨道，按入一个模式，不再是独立的生命。而且，为了争夺，还会伤害其他生命。如能真正摆脱，便是大悟。

大悟之后，一派轻松：飘若云絮，重若昆仑；毫无权势，却得大雄。

悟，一字已可说清，为什么还要名之为"大悟"呢？因为这不是一般的看穿，而是把一系列世代的传统、朝野的共识、辉煌的话语、尊长的追求都看穿了，不留暗角，不留盲区，彻彻底底。

大悟好像具有整体的挑战性，其实并不，因为它把挑战也看穿了。

所以，这种大悟常常表现为会心一笑，而不是不屑一顾。由于看穿的范围很大，很容易伤及上上下下很多人的心态和生态，因此常常看穿而不说穿，要说也只是点到为止，让人家自己慢慢去悟，即使不悟也不着急。如果为了让别人悟而言辞滔滔，本身就没有悟。

再说大爱。

在“爱”之前加一个“大”，说明此爱不局限于一个人、一家人、一伙人、一国人，而是没有边界的。而且，也不是报答性的爱、感恩式的爱，而是无缘无故的爱、不求回应的爱。这种大爱，是人生在世，天然地对同类产生真诚的好意，并由此而良性传染。即便是最悲观的人，也会因为体验过这种大爱而不后悔活此一遭。

世人有言，爱是排他的，那显然是小爱，而且是小爱中的自私之爱、提防之爱。

投入大爱，是一种自我改造和自我提升。一个人不再是一个人，陌生的天地不再陌生，寂寞的街道突然变得有心，拥挤的人群突然变得有情，远方的荒山突然变得有灵。大爱，因改变自己而改变世界，以此作为生命的支点，正是最好的选择。

建立了这个支点，那么，世间一切散布仇恨、宣扬争斗、崇尚铁血、仰仗威势、夸张胜负、计较输赢、鼓荡民粹的观念和行为，就会看得一清二楚，并断然拒绝于自己的生命系统之外。大爱，是一种干净的信仰。

还要说大美。

美，不仅仅在于外貌、环境和艺术。美的概念非常宏大，蔡元培先生提出过“以美育代宗教”，正表明了一种信仰指向。

美能成为信仰吗？能。

中国近代以来，很多智者在进行国际比较后发现，中国缺少真正的宗教信仰，因此试图设定一种替代物。当时除了蔡元培的“以美育代宗教”外，还有陈独秀的“以科学代宗教”，梁漱溟的“以伦理代宗教”，冯友兰的“以哲学代宗教”，孙中山的“以主义代宗教”，沈从文、朱光潜的“以文学代宗教”，等等，可见各自都希望中国民众去信仰一种他们认为的“好东西”。但他们却未必明白，一说“宗教”，就必须达到终极关怀、灵魂重建、生命回归的高度。相比之下，蔡元培的提法比较靠谱，因此被学界记住了。

其实，与宗教信仰最靠近的，恰恰就是美和艺术。想想欧洲文艺复兴，也就是达·芬奇、米开朗琪罗、拉斐尔等艺术家让美与宗教相融，凭此开辟了人类的一个新时代。人们常常认为，他们让宗教更美了，其实，他们在提升宗教信仰的过程中又创造了一种信仰，那就是美的信仰。例如，我这个与欧洲宗教没有太大关联的人，为什么在面对贝多芬、莫扎特、巴塞罗那圣家族大教堂的时候，每次都神魄俱夺、长久沉迷，而且可以无数次反复？这就是投身了美的信仰。

历来总有人把美看成是工具性、手段性的存在。这一点，连中国的老祖宗也不同意。刘勰在《文心雕龙》的开篇就说，天玄地黄、日月垂丽、山川焕绮、虎豹威武、泉石激韵，大自然都在天天做美的文章，那又何况有心智的人呢？中国古人认为，大自然产生这些美，都是“天道”。既然是“天道”就要信仰，并在这种信仰中，投入“天人合一”的创造。

人创造美，其实也就是借由感觉系统，创造一个更高贵、更自由、更愉悦的内心世界。与理念系统、权位系统相比，人的感觉系统最敏感、最共通、最难欺，因此美的创造也就更入心、更普世、更无争。在这样的创造中，人的生命被肯定、被拔擢、被共鸣，能够更完满地实现终极关怀的全部效能。因此这美就大了，称之为“大美”。

我和妻子，不管承受着多大的伤害和喧闹，只要看到一角明代飞檐、半截北魏残碑、几排灿然银杏，就会浊气全消，欣喜莫名。这很不符合社会逻辑，只能让美的信仰来解释了。因为只有信仰，才有那么神秘的阻断之力、吸附之力、转移之力。

大悟、大爱、大美，三位一体，三足鼎立，作为支点非常稳当。三者之中，大悟是起点，大爱是光照，大美是终极。

因悟而淡

悟，一个早在诸子时代就已常见的字，后来又挑起了佛教的大梁。佛教的教义如果要用最少的字来概括，那就是“悟空”。

悟空，意为觉悟万物皆空。有了这个觉悟，就能海阔天空。这个道理，我在译释佛教经典的著作中曾反复论述，这里就不重复了。

中国的主流文化是儒学，主张“修身、齐家、治国、平天下”，与佛教的核心概念“空”，有根本差别。虽然后来有不少人做了联通两者的文章，但学术成效还是不大。

因此，在中国民间社会讲“悟”，大多不会把纯粹意义上的“空”作为目标。中国人喜欢佛教，就像喜欢其他外来文化一样，取的是一种中国特色的中庸状态，也就是中道。

例如，要让中国民众完全“看空”世间各种事物，他们心中一定会产生一系列障碍；但是，如果降低几度，把“看空”说成是“看穿”、“看淡”、“看轻”，那就会有很多人点头了。

我虽然对佛教做过严谨的研究和阐释，但是为了对应中国民众的有效接受，也赞成中道。

因此，这篇短文所说的“悟”，就有了普及性的含义，那就是：把天下一切该看穿的，都看穿；该看淡的，都看淡；该看轻的，都看轻。

相比之下，“看穿”比较彻底，“看淡”、“看轻”比较温和，我就选“看淡”吧。

《心经》说“五蕴皆空”；我在这里要说的是，“十色皆淡”。五和十都是虚数，背后藏着成千上万，也就是要觉悟者看空万象，看淡万象。

第一色，觉悟者应该看淡利益。

任何人对任何利益，都不可能永久拥有。即便在拥有之时，这种拥有也包含着诸多假象。但是，人们已经习惯于在假象中生活，因为种种假象组成了一条条完整的生态链，给众人带来了精神安慰和实际方便。为了不伤害众人，可以不彻底揭穿，却一定要劝导他们：看淡，看淡，再看淡。

在正常情况下，一个人必要的生活利益不难取得。如果把利益看得太重，他就会忧虑重重，心肠渐硬，逐渐变成一个物质性、竞争性、利己性的存在。即便攫取再多，也是一种豪华而又负面的生命形态。

第二色，觉悟者应该看淡名号。

即使不是觉悟者，只是脑子比较明白的人，也都知道看重名号是多么愚笨。世上大大小小的名号，都是出于颁发者临时性、偶然性的需要而设计的。可惜，历来一切为名号兴奋或苦恼的人，都在争抢那个本不具有实际意义的设计，实在是太可怜了。至于那些排位式名号，更是一种分割性、排斥性的游戏。一旦抢得，表面上招来掌声，暗地里招来嫉恨，明白人都会尽量躲避。

第三色，觉悟者应该看淡成功。

成功，是世俗社会最广泛的追求。但在词语学上，这两个字不具有稳定的含义；在古今中外的高层思维中，更不具有任何地位。在《老子》、《周易》中，“成功”与“失败”紧紧拥抱，不仅随时转化，而且互渗互溶。很多人常常会为“成功”订立一些目标，但在相对的序列中，这些目标也可能是失败的记号。这就像揪住了悬崖半坡上的一束草，从山脚下看是高，从悬崖上看是低，都朝夕难保。

现在很多人不屑讲“成功”了，而更喜欢讲“力量”。这种说法虽然离开了琐碎的目标而稍稍超脱，却还是离不开显摆式的比较。这种显摆甚至会提升为群体性仪式，不仅大量消耗自己，而且容易引起他人警惕，带来一系列外部压力。

天下真正伟大的力量都处于寻常状态，昼夜运行而千载不息。相反，一切暴发之力总会使各方失去自然平衡，即便一时“超重”，也会迟早“失重”。因此，人们还是应该遵从《老子》、《周易》的教诲。避开太耀眼的光，才能好生滋养。“韬光养晦”，是悟后之言。

第四色，觉悟者应该看淡欲望。

欲望的含义比较负面，其实在觉悟者看来，志向、希望、初愿、期盼，属于同一个范畴。

按照王阳明“知行合一”的哲理，天下一切所谓“知”，如果尚未投入行动、完成行动，其实就是“未知”。人们怎么可以把“未知”之志当作长久志向？少年时的好奇，初中时的暗恋，毕业时的大话，都不应该成为左右今后人生的羁绊。早期的计划再好，也应该不断变通。就连文化立场相当保守的《文心雕龙》也说："变则可久，通则不乏。趋时必果，乘机无怯。"显然，不赞成固执的志向和欲望。

第五色，觉悟者应该看淡情绪。

激烈的情绪都是一时的，如山林野火，烈烈扬扬，光焰百里，却不能给予过多的赞誉。觉悟者懂得，各种情绪有好有坏，但一旦走向激烈，就都是"非正常状态"。正因为是"非正常状态"，即使是好的激烈情绪也必然包含着大量盲目追随的因素，只有让它恢复正常状态之后，才能帮助滤析。也就是说，先要看淡，然后淡化。只有经过这双"淡"，好的东西才可能有所留存。但是，由于已经燃烧过了，留存的不会太多。

觉悟者已经养成了一个习惯，对方越是激烈，我们越是冷静。天下之悟，不管是大悟还是小悟，都只能在冷静中出现。哪怕是一刹那之悟，也必须有一刹那的冷静。因此，觉悟者不会与激烈者直接对晤，只有等到激烈者恢复寻常的心志、眼神和体温之后，才能慢慢交谈。

所有的觉悟者其实并不刻求清高，但是，只要听到那些大声的宣讲，看到那些高亢的表情，都会悄悄离开。因为这些容光焕发的人总以为自己早已觉悟，其实还十分遥远，只能慢慢等待。

第六色，觉悟者应该看淡记忆。

记忆让生命保持时间维度，当然必不可少。但是，由于起点往往是几个老人的主观回想，又无法核准，因此两相失衡，产生了大量的

“故意失真”、“诱导失真”和“无奈失真”。

即使完全没有故意，人们也会“天然误记”。例如我写自己家几十年经历的《借我一生》，居然数易其稿、耗时长久，就是因为我父亲、母亲、祖母、姨妈、舅舅对很多事情的回忆差别太大，甚至互相矛盾。他们都是老实人，我们家又非常普通，没有造假的任何必要，因此，这是记忆本身无法避免的异化和蜕变。由此联想开去，那些关及很多人声誉和观念的历史回忆，又会如何呢？

要求人们校正记忆是不可能的，那么，在密密层层的“故意失真”、“诱导失真”、“无奈失真”的丛林中，觉悟者的选择只有一个，那就是：看淡。

对于那些说得特别绘声绘色，且又不断重复张扬的记忆，疑点当然更多，因此更应看淡。

只有看淡，才能轻松，让人们从那些真真假假的过往岁月里挣脱出来，体验今天，创造明天。

第七色，觉悟者应该看淡界限。

歌德说：“世人凭着聪明制造了很多界限，终于凭着爱，把它们全都推倒。”这是我喜欢的话。

我有一本书叫《行者无疆》，“疆”，就是界限。

但是，事实上，这个世界似乎由重重叠叠的界限组成。抬眼一看，就是级别之界、专业之界、财产之界、民族之界、籍贯之界、社群之界、团体之界……这些界限，出自对时间和空间的争夺与划分，又满足了辨识的需要、分工的需要、管理的需要、安顿的需要、支配的需要、服从的需要、称呼的需要。如果没有这些界限，天下会陷于混乱。

觉悟者当然明白这个道理，然而更明白，这些界限大多是人为的，却被大大夸张了，似乎成了一种天造地设般的存在。其实，不仅界限是易变的、交错的、互融的，而且每条界限两边的人，都应该有共通的人性、人权、人道、人伦，以及基本一致的善恶是非标准。而这种共通和一致，正是人文关怀的底线。这样的底线，不应该被一条条炫目的界限遮盖。

因此，觉悟者们有一个特点，当人们在大谈种种界限划分规则的时候，他们只会浅浅地听，而不会有太多表情。

第八色，觉悟者应该看淡恩仇。

中国历代民间文化，都有“恩仇必报”的传统，而且还把这一点看成是“快意人生”的标志。但是，到了儒、佛、道大师那里，却不会予以支持。因为他们明白这样三点：一、恩仇极有可能被夸张了；二、恩仇是当初一次次互峙、互伤的结果，双方都有责任；三、时隔已久，不应以“仇仇相报”的方式来延续仇恨。

历史从来没有走在一清二白的大道上，时间本应吞没很多血泪，而不应该当诸多各有偏颇的历史理由早已失去之后，再让它们一次次泛起。

我在《修行三阶》一书中有一篇《仇之惑》，专谈这个问题。那篇文章指出，觉悟者对仇恨的看淡，是想帮助人们摆脱一种传代的迷惑，而进入“不惑”境界。

第九色，觉悟者应该看淡舆论。

所谓舆论，说来好听，但在多数情况下，无非是不知情的众人对一项复杂事端的七嘴八舌、口口相传。

掌权者管理众人的事，理应对众人的口舌予以关注。但是，觉悟者基本上不掌权，可以远远地对舆论保持一种审视的态度。

把舆论看成“民意”，而又把“民意”看成“真理”，这是民粹主义的逻辑。幸好，没有一个觉悟者会相信民粹。觉悟者，是民粹狂潮上方灰色塔楼窗口那双冷漠的眼睛。

我在论述中国文化的千年弱项时曾经指出，缺少实证意识、不懂辨伪程序、喜欢听谣信谣，是中华文化的一大弊病。结果大家都感受到了，直到今天，多数所谓舆论，一是非实证的谣言臆想，二是诱导性的传媒设计，三是低层次的哄闹风潮。

即使在世界范围内，所谓舆论常常是真相的反面。这中间，也会有一些正常舆论，却常常被挤到冷寂的角落无人注意。

觉悟者知道，舆论浪潮中泥沙俱下，却又很难分辨，因此只能淡然以对。淡然，表示对整个舆论的不重视。深知一切都会过去，过去之后，山河依旧，日月无恙。淡然，又表示并不反对舆论，就像正常人并不反对窗外的各种声音。如果全然关闭，也会失去很多人世意趣。

总之，庞大的舆论阵势有可能裹卷千万人，却不可能拉走一个觉悟者。在这种情况下，觉悟者态度很轻，分量很重。

第十色，觉悟者应该看淡自我。

觉悟者看淡这个，看淡那个，似乎强化了自我的地位。但事实上，他们最后看淡的，恰恰是自我。

这里存在着东西方文化的一个重大差别。西方的智者在苏醒之后发现了自我，东方的智者在觉悟之后放逐了自我。

固然，当家族、体制、社团、极权吞噬个体的时候，“我”作为独立生命应该获得释放，但是“我”毕竟包含种种偏仄，如果对它张扬过度，必然会对社会秩序和其他生命带来冲击。其实，现实生活中的任何个体，包括“我”在内，都是渺小的。

记得以前我写过一篇《我在哪里》，讲述了这个问题。

对于社会上那些“以自我为中心”的人，觉悟者除了劝导之外还会有不少怜悯，因为他们对自然状态下的自己缺少信心，所以要吃力地来卫护和加固。历来只有过度自卑，才会造成过度自尊。什么时候，他们也能有所觉悟呢？

顺着“五蕴皆空”，我把“十色皆淡”说了一遍。

全都淡了，一切也就回到了自然本性。这样的人是否显得有点无用？有点。但是，如果眼前突然出现了意料之外的困厄和灾难，那么，这些人反而更会在第一时间迎上前去，从容应对。火来水迎，水来土挡，无忧无惧，成为扶危救难的“大雄”。他们为什么会这样？因为他们未曾被杂物、杂念牵引，是一个个纯净的生命。只有纯净的生命才会凭直感在第一时间分辨出真正的轻重安危，并且依据良知调动出强大的力量，而没有任何磕磕绊绊的自身障碍。

觉悟者由于习惯“看淡”，因而也为爱和美的信仰清理了场地。

因爱而勇

爱，是生命的扩充。

而且，是最有效、最良性的扩充。

爱上一个人，你的生命就结束了孑然一身的孤独状态，至少扩充了一倍。爱的对象有家人，有朋友，有职业，有单位，那就还会使爱意广泛弥散开来。因为相关的这一切已经成为你生命的延伸地带。

如果你爱的人相当优秀，那事情就更大了。你从他的谈吐，亲近了冷漠历史、陌生远方；你从她的容貌，拥有了远山浅黛、秋云初雪。

更重要的是，一旦投入了这样的爱，你们就立即能与自古以来中外一切人间至情心心相印。你们的生命扩充到了人类最美好的领域，无边无际。

胆怯，大多是因孤单而产生脆弱。扩充了的生命，一定比扩充之前更勇敢。

这不仅仅在说爱情。爱情是起点，目标是大爱。

大爱，来自人世间生命与生命之间的自然联结，而不在乎指令、口号、鼓动。这一点，我们在近年来一次次救灾壮举中反复看到。本来就心储大爱，而突临的灾难又使这种爱迅速升华。我曾对一些外国朋友说，正是在这些迅速而高效的救灾行动中，我体验到了中国普通民众的高贵。高贵的由来，就是大爱。

大爱虽然目标很大，但主体还是个人，勇敢也由个人承担。即便在救灾这样的集体壮举中，每一个具体行动的选择都由个人做出。这中间，包括一次次危及生命的冒险。也就是说，在这种大事件中拥集着一个个“因爱而勇”的小结构。

大爱的范围，没有边界。其中意义最深远的，是人文之爱。这种爱，更需要奉献一种特殊的勇敢。对此，不妨说说我的亲身体验。

大家都已经知道，我曾在极左的灾难中潜入外文书库编写《世界戏剧学》，在贬华、辱华的声浪中辞职苦旅，来证明中华文化曾经的高贵，又在当今复古主义的迷误中从源头重新阐释《老子》、《周易》等真正的“元典”。这每一次，都对风行的社会潮流展现出了颠覆性的勇敢。其动力，就在于人文之爱、文化之爱。

但是，因文化之爱而产生的勇敢，大多不表现为搏斗和辩论。我要的是文化思维的整体改变，因此必须倾注全力于大规模的基础建设。

那年潜入外文书库的时候，并没有与当时的当权者交锋；那年踏上文化苦旅的时候，也没有与那些贬斥中国文化的人士辩论；现在重建千年经典系列，更没有去理会各种搅浑文化的复古派。我只是一头扎在自己深爱的文化中，结果，世界戏剧在我面前笑了，文化古迹在我面前醒了，千年经典在我面前活了。也就是说，它们为我对它们的爱，提供了最美好的回应。

由此想到，我曾经写过的国外那些带领学生队伍在人群中行进的教师。他们不是在前面披荆斩棘，而是转过身来，只是面对学生，让自己的后背来对付人群。结果，在教师关爱目光下的学生更加可爱，可爱到使人群自然让路。我说，这些倒着走的教师，也是因爱而勇敢。

因美而安

《我的生命支点》一文已经坦陈，美是我的信仰。

现在我要进一步说明，这是一种最切实的信仰。

多数信仰不可直觉，那就产生了伪饰和误导的可能。美是一种直觉形态，大大降低了这种可能。

多数信仰过于庞大，那就减少了轻松参与的随意。而美，则千姿百态，到处散落，具有欣赏和参与的极大便利。

多数信仰要求一致，那就影响了个体生命的自由流转。美是一种以个人为基准的“逍遥游”，恰恰要避免一致、重复和相似。

多数信仰不够快乐，甚至还把苦难作为宗旨。美的宗旨就是快乐，即使是悲剧也提供净化灵魂的快感。

……

——从上面几端，我们看到了一种这样的精神存在：不被误导、随意参与、自由流转、快乐欣赏。以此作为信仰，有什么不好？

把美作为信仰，也许会让不少人觉得精神层级太浅、太低。其实，完全不是这样。

美，是一个独立的精神世界。它的高深程度，一点也不低于世间的其他信仰。

例如，天地之美、自然之美的形成，就是宇宙之秘，而且是秘中之秘。

天地宇宙间最美的物象，一定灌注着一种特殊的力量，但这种力量又怎么会取得如此严整的秩序？力量和秩序的组合一定与美有关，但是两者之间的比例和转化又是如何？

又如，美是否有边界？在什么情况下会越界成丑？丑是美的变种还是美的对手？丑的形态如何潜入美的结构，又在何种情况下变成了破坏力量？

这些问题，还没有涉及人对美的创造。人创造美的动力从何而来？美的创造者如何听取天地的指令？

这就深入到了对人的本性的探寻。确实，美并不是人的后天教养，而是人的先天本性。除人之外，虽然有的自然物种也美，但它们都不具有懂美、爱美、创美的能力。只有人具有了，而且形成了全人类的默契。正是在这一点，美成为“人之为人”的基本要素。

因此信仰美，就是信仰人类本体。

美的信仰是一个面向未知的开放系统。信仰者虽然心头储藏着足够的经典作品，却对将生未生、初生新生的美，保持着最前沿的敏感。

美的信仰，起始于一个婴儿第一次看见晚霞而惊，结束于一个老人在生命的最后时刻听到美丽乐句而安然闭眼的舒心。

美的信仰可能会让一个最繁忙的人翻看名画稍作休息，可能会让一个最忧愁的人收听音乐缓释心情。美的信仰十分看重这些短暂的介入时间，认为这是以最简捷的方式推动了人生主调的回归，迫使那些非主调的功利霸凌不得不让位。因此，正是那几幅名画、那几段音乐，唤醒了繁忙者和忧愁者的基本人格。

在这种情况下，美的信仰，比连日诵经、时时祈祷，更具有精神复归效应。

我大半辈子的切身体验是，正是美的信仰，使我穿过了无望的寒冬、无稽的喧闹、无尽的昏语、无聊的杯盘。在实在看不下去、听不下去的时候，只要闭上眼睛想起昆仑、壶口、撒哈拉、李白、苏东坡、莫扎特、罗丹，就会立即获得救赎。

我也遇到过几乎活不下去的时候。那是二十几岁在农场劳役期间，黑夜、荒路、大雨、洪水、极冷、极饿，我知道自己已经奄奄一息。忽然如有神助，又有点莫名其妙，居然在混沌的脑海中挤进来了屈原和肖邦。不错，就是屈原和肖邦，两个似乎毫无关联的人。我又怔又傻，但奇迹般地，像是有两双手从天边伸过来拉拔我，我“复活”了。

类似的经历后来还曾遇到过。当各地的黑恶传媒出于嫉妒搅起诽谤狂潮的时候，帮助我最多的，是卡夫卡、萨特和尤涅斯库，并由此进一步体验到了现代派、存在主义、荒诞派的美学价值。

世事纷纭、权力更迭、财富消长、天灾不断，人生一直处于不安之中。由于不安，人们急于寻找寄托。但是无数事实证明，多数寄托只会带来更大的不安。

我一次次看到，很多仗赖财富的人终于陷入困窘，很多依附权势的人终于失去自由，很多自信计谋的人终于一筹莫展，很多夸耀成功的人终于不再作声……确实，生命的安顿非常艰难。

于是，又有不少人投入灵修，寻找法师，遍听讲坛。这让我联想到在中东和南亚山坡上多次见到的蜂窝般的灵修山洞。但那是古迹，现在早已无人。曾经有人在那些山洞里获得心灵安顿了吗？可能有，但缺少证据。

我也算是一个走遍世界各地、熟悉中外历史、了解多种宗教的人，因此不妨在此直言：安顿心灵的道路果然不少，但其中弯路、假路、邪路更是比比皆是。

相比之下，只有美的信仰，没有代价，没有仗赖，没有依附，因此也不会失去自由、陷入困窘。由美的信仰来安顿心灵，不要山洞，不要法师，只要深记一些平生最为心仪的艺术作品和绝佳风景，再细细品尝、静静温习、悠悠畅想，就已大致入门。具有艺术天赋的人，还可以顺着这些美好图像激发自己的幻想空间，进入天堂般的自由境域。

由美的信仰而带来的安顿，外力无法剥夺，别人不会争抢，自己愿意保留多久就保留多久。对很多人来说，这也就是一辈子的安顿，安顿到山高水远，天静云停。

正因为这样，我把美的信仰，看成是人生支点的终极之章。

大选择

人生是由许多小选择组成的，但也会遇到大选择。

小选择和大选择的区别，并不完全在于事情的体量。

一只关在笼子里的天鹅在世界美禽大赛中得了金奖，偶尔放飞时却被无知的猎人射杀。这两件事都够大，但对这只天鹅来说，都不是它自己的选择。

相反，它的配偶在它被射杀后哀鸣声声、绝食而死，则是大选择。

我毕生最满意的事情，是自己做主，做出了一系列大选择。

曾经有一些报刊同情我，说我把人生越做越小。他们所说的“小”，不是指生命空间，而是指官职官位。结果，我成了一个人人都敢诽谤却无力还手的人。他们猜测了很多原因，最后只得惋叹一声：“那是他自己找的。”

我心里暗喜。因为这一切，确实都是我寻找的目标。如果不这样，我做相反的选择，官越做越高，随从者越来越多，人们对我越来越怕，那倒是容易的，而我，则选了艰难。老子说，只有往低处走，才合于道，而道，就是大。

我的每次选择，都关及天道伦理、历史筋脉。读《借我一生》、

《门孔》就知道了。从二十岁开始到现在，每年必选，每选必大。每次大选择都必然会招来一片喧嚷，足以验证我的选择超尘脱俗，不同寻常。我向拥挤而喧闹的人群挥一挥手，独自走向人迹罕至的寂寞。

至此，我可以告诉自己心仪的法国哲学家萨特的在天之灵了："我，选出了我。"

拉出无边的黑暗

长久以来，我向学生推荐得最多的一本书，是海伦·凯勒的《我的世界》。即使学生只要求我推荐专业书，我也会加上这一本。

我切身体会，这是有关善和爱的最佳课本，因此，也就成了我的“终极推荐”。

一个又聋又哑又盲的孩子，有什么途径能让她完成教育，使她进入文明世界？不管怎么想，都没有途径。

但是，善和爱创造了旷世奇迹，不可思议的一条道路出现了。海伦·凯勒走通了这条道路，几乎使所有读过这本书的人都会重新珍惜“活着”这件事。它从生命的极地，告诉大家生命是什么。

想要教育海伦·凯勒，首先要进入她又聋、又哑、又盲的无边黑暗。不仅如此，那时的她，早已因彻底绝望而变得凶悍，时时狂怒、咆哮。是那位伟大的教师莎莉文，用手指对手指的触摸，开始了第一步。

从来不知道光明是什么的人，是不会追求光明的。莎莉文老师的每一步，都包含着海伦·凯勒重新堕向黑暗的极大可能。如果说，这种可能是千钧磐石，那么，莎莉文老师的努力只是一丝柔韧的细线。这场拉力对抗赛的结果，是千钧磐石宣告失败。原因是，柔韧细线牵连着善和爱。

而且，这种善和爱，是历史的结果。

莎莉文老师本人在童年时代也曾陷落于这样的黑暗，眼睛几乎瞎掉，又患了结核。她暴躁、嘶喊、怒吼、东撕西摔……

把莎莉文老师拉出黑暗的，是莫美丽老师、霍布金太太、玛琪、卡罗太太……一大串名字。而她们背后呢？不必细问了，是更长、更大的一串。

莎莉文老师把这一大串名字里边所包藏着的善与爱，加倍地灌输给了海伦·凯勒。海伦·凯勒则转而向全世界灌输，其中包括我。

这就明白了，善和爱，是一场代代相传的接力赛。目的只有一个，把人类拉出无边的黑暗。

几个看起来毫无希望的人，居然给自己和别人带来了无限希望。这些奇迹说明，人间天堂人人可进。不要高墙，不要禁卫，不要门票，也不要通报。不管你身陷何种深渊，只要愿意朝着天堂抬脚迈步，你就进了。

读了海伦·凯勒的书，我们这些健康人所产生的第一感觉是惭愧，而且是无与伦比的惭愧。

书中的人物以无法想象的意志试图取得的那一点点生理能力，我们不仅完全具备，而且非常充沛。但是我们中的很多人，全都浪费了，年年浪费，天天浪费，每时每刻都在浪费。不仅浪费在无聊中，而且还把健全的肢体浪费于种种争逐，让自己和争逐对象一起，走向地狱。

因此，事情反过来了：我们要靠这样的书，把自己拉出无边的黑暗。

三个目标之后

很多年前，我收到美国企业家贝林（Behring）写来的一封信。他说，他不认识中文，但从中国雇员谈起我名字时的表情看，觉得有必要认识我，并邀我做他的顾问。

他是世界级的富豪，主持着一个庞大的慈善机构，专为各国残疾人士提供轮椅。他开列了一份已聘顾问名单，大半是各国皇室成员和总统夫人。

由此，我认识了他。

他说，他出身贫苦，逐渐致富，曾为自己提出了三个阶段的目标。

第一阶段的目标是“多”，即追求钱多、厂多、房多、车多、雇员多；

第二阶段的目标是“好”，即在多的基础上淘汰选择，事事求精，物物求好，均是名牌，或比名牌还好；

第三阶段的目标是“独”，即在好的基础上追求唯一性，不让自己重复别人，也使别人无法模仿自己。

他很快完成了求多、求好、求独这三个阶段。本应满足了，却深感无聊。当无聊笼罩住了生命时，于是，对自己已经拥有的一切，也就不再有一丝骄傲。

他对我说："余教授，当我完成了这一切，还不到六十岁。家里没有任何人要继承我的产业，今后的日子就失去了目标。一度，甚至不想活下去了。"

他给我说这番话的场合，排场很大。两排服饰整齐的帅哥和美女齐刷刷地站立两旁，这是他私人专机的服务人员，他要他们一起来听听我们两人至关重要的谈话。那架势，显然是很多人的向往，而他却在向我叙述如何摆脱无聊。

他继续告诉我，终于有一天，一个六岁的越南残疾女孩救了他。那天他顺手把专机上的一张轮椅推给这位无法行走的女孩，女孩很快学会操作后，双眼闪现出一种他从未见过的光亮。

贝林先生在那种光亮中，看到了自己生命的意义。

第二个救了他的是一位津巴布韦青年。那天，这位青年背着一位残疾的中年妇女，走了两天时间穿越沙漠来到了他面前。

贝林先生问："这是你母亲吗？"

青年回答："不是。"

"是你亲戚吗？"

"不是。"

"你认识她吗？"

"不认识。"

"那你怎么把她背来了？"

"她听说有人在这里发轮椅，需要我背她过来。"青年回答。

说完，这个青年说他要回到出发的地方，把这两天的耽误补回来，转身，他就大步走了。

看着他的背影，贝林先生心头一震。这个津巴布韦青年一看就非常穷困，却帮了一个不认识的人一个大忙，而且不要任何回报。

为什么自己以前总认为，连慈善也要在赚够钱之后才能做？

贝林先生自责了："我把梯子搁错了墙，爬到墙顶才知道，搁错了。"

他说："我居然到六十岁才明白，慈善的事，早就可以做了，我也可以早一点摆脱无聊。"

贝林先生告诉我，慈善，是一种寻找人生意义的自我救赎。

我为贝林先生自传的中文版定了一个非常中国化的译名：《为富之道》。他在书的扉页上给我写了很长的一段话，最后他说，我能成为他永久的朋友。

贝林先生与我的对话在报刊上发表之后，中国读者最感兴趣的，是他在六十岁前的三大目标。求多、求好、求独，几乎概括了中国大多数企业家正在逐步攀援的三大台阶。多数还在第一台阶，少数已在第一到第二台阶之间，攀上第三台阶的还比较稀少。

攀援是辛苦的，也是兴奋的，因为毕竟还有目标。但是，他后来说的一句话受到我的高度赞赏，那就是："我把梯子搁错了墙，爬到墙顶才知道，搁错了。"我告诉他，这句话已经具有了文学价值。

我并不认为一切企业家都必须像他一样最后全然投身慈善事业，但是我却希望大家经常想想，爬到墙顶之后要干什么。

其实我发现，很多人还没有攀到高处，在半道上已经感到无聊。

贝林先生告诉我们，需要更换梯子搁置的方向，更换目标。

新的目标会是什么？应该多种多样，但是贝林先生和其他类似人物抬起手来指了一下，那就是超越个人功利，为大善、大爱、大美留出更多的地方。

你比你更精彩

一

这个标题，是我对三个学生讲的话。他们一听，眼中有光。

同一个“你”字，用了两次，还让它们比在一起了。这似乎有语病，却病出了腔调。

第一个“你”，是真正的你；第二个“你”，是今天的你。

或者说，第一个“你”，是失去的你；第二个“你”，是捡得的你。

难道，真正的你，并不是今天的你？确实如此。那么，他到哪里去了？这就是我写这篇文章的主旨：让我们一起来找。

这个世界普遍近视，只承认既成事实。今天的你，是既成事实，因此被看成唯一的你、无可取代的你。如果你自己也这样想，那就陷入了一个思维泥潭。因为按照这种逻辑，布满雾霾的早晨是唯一而且无可取代的早晨，砍伐严重的森林是唯一而且无可取代的森林，浑身油污的海鸥是唯一而且无可取代的海鸥。

于是，世界失去了初始图景，人类失去了赤子纯真，万物失去了天籁本性。而你，也就永远不再是一个美丽的早晨、一片茂盛的森林、一只健全的海鸥。

听起来，这好像是无可奈何的事，其实却是掩盖、自欺和背叛。掩盖了自己，欺骗了自己，背叛了自己。

二

“我自己真有这么好吗？”很多人怀疑。

答案是，比任何再大胆的想象都要好。甚至可以说，即使是那些你毕生敬仰的人格典型，在你自己身上也能找到一半以上的种子。

我曾在《修行三阶》一书中说过，每个人在尚未接受教育的童年时代，就具备的善良天性。

即便在儿时，你曾经舍不得花蕊枯萎，蝴蝶离去；你曾经舍不得小猫跌跤，老牛蹒跚。

即便在儿时，你不忍听小孩子因饿而哭，你不忍听老人家因病而泣。

这一切，谁也没有教过你，你所依凭的，只是瞬间直觉。正是这种瞬间直觉，泄露了你的善良天性。

待到长大之后，你在重重社会规范的指引下学会了无数套路，于是天籁渐失，童真渐远。有时，甚至还会铁石心肠，干下一些事情。时间一长，你甚至怀疑，自己是否储备着足够的善良天性。深夜扪心，觉得还有储备，却已经不知道什么时候以什么方式奉献出来。

这就是说，人人都有伟大基因，却被岁月偷盗了。这些出现在岁月中的盗贼，却有堂皇的理由。可能是生存的需要，可能是长辈的灌输，可能是周围的诱惑，可能是潮流的撺掇，可能是为了成功，可能是为了免输，可能是为了脸面，可能是为了炫耀，结果，遭受了一轮又一轮的抢劫，丢失了与生俱来的纯真和高贵。

剩下的，只能是平庸。也许，还夹带着邪恶。

简单说来，人虽活着，却是毁了。看上去活得像模像样、有名有目、有腔有调，却成了街市间无聊的一员。

何谓无聊？事事趋同，事事比照，事事躲闪，事事苦恼。

可悲的是，伟大基因的被偷盗，基本上属于“监守自盗”。偷盗者，主要是自己。

因此，陷于平庸和无聊，是咎由自取。

现在的自己，不是真正的你，而是你从路边捡得的、拼凑的、黏合的。要找回真正的自己，有点难，但是也有一个“秘方”可以帮助我们稍稍找回一点。那“秘方”上写着六个字：你比你更精彩。

接下来，我就要花费一些篇幅，来说明“真正的你”是怎么丢失的。

三

我前面说过，如此珍贵的善良天性被监守自盗，总有很多借口。最常见的一个是声称受到了“无法推卸的压力”。

我必须说，压力的借口，很难成立。

所谓生活的压力，绝大多数被严重夸大。尤其是刚踏进人生大门的年轻人的所谓生活压力，全是东张西望、左顾右盼的结果。其实，生而为人，立足大地，青春在握，即便是艰难，也不可能被全然困住。

上苍给了我们生命，其实也就给了我们全部。生命本身能够创造一切，包括创造一路艰难，以及克服艰难的能力。因此，所谓压力，即使没有被刻意夸张，也是生命存在的必要验证。没有压力的生命，是不完整的。何苦以压力的借口，去与别人的生命对峙。

别人的生命也已经拥有自己的全部，各自的全部就是各自的独立。真正独立的生命必定会互相欣赏，并在独立和欣赏中多姿多彩。

这就像山间一棵树，既然已经长出了树苗，自然会一天天长大，不必守护过度，警惕过度。何时来了风，何时来了雨，乍一看好像是对手，是敌人，其实都不是，而是自身成长的帮手和见证；近处长了花，边上长了草，乍一看好像是竞争，是抢位，其实都不是，而是这个山角美景的组合者、共建者。

经过漫长岁月，如能保持这种心境，那就是生命的最高精彩，也就是“真正的你”的最高精彩。

四

如果你对此还将信将疑，我可以从一个特殊方位，再提供一些证明。

你迷上了一本书、一首歌、一幅画、一部电影，心里在崇拜那位作家、那位歌手、那位画家、那位导演，崇拜得很深很深。但是你有没有想过，天下那么多书、那么多歌、那么多画、那么多电影，你为什么独独会着迷这一本、这一首、这一幅、这一部？

答案是：你与这些艺术家的审美心理高度重合。有一种潜在的文化基因，使你们在瞬间打通了心灵秘径，暗通款曲。

这种审美心理、文化基因、心灵秘径，为什么黏合得如此紧密，使你难以割舍？因为此间一半属于你自身。你痴迷作品，是因为蓦然发现了自己的灵魂。

所以，我作为《观众心理学》的作者一再论述：读书，就是读自己；听歌，就是听自己；赏画，就是赏自己；看电影，就是在黑暗中看自己。至少，是部分自己。

那么，你在艺术欣赏场合不应该仅仅是“崇拜”了，而更应该是“自认”。承认眼前出现的美学奇迹，属于自己生命的一部分。只要稍有条件，你也能投入创造，只要冲破一些障碍就行。

我在担任上海戏剧学院院长期间，日常要做的事，是与教师们一起告诉那些刚刚中学毕业的毛孩子：只要排除障碍，你就能释放出扮演唐代公主、法国骑士的天赋，展示出营造古典场景、恐怖空间的能力。事实证明，他们都在最短的时间做到了。在这最短的时间之前，他们与你们没有区别。

这，就是你能成为艺术家的雄辩证明。其实你也能成为别的许多“家”，每一种“家”都做得非常精彩。

那就接受我的这句话吧：你比你更精彩。

大　隐

一

大隐，是我几十年来的基本生活方式。

这种生活方式有一个最简单的标志，那就是除了妻子，谁也找不到我。

但是，这并不是自我封闭。我想出来就出来，而且可以出来得衣带生风、万众瞩目。突然我不愿意了，便快速消失，不见踪影。没有任何人能够把我的衣带拉住，更没有任何堂皇的理由、巨大的名号，能够让我出现在我不愿意出现的场合。

也不是自我噤口。我想说话就说话，我想写书就写书，而且可以说到国内国外，写得畅销不衰，然而没有一种力量，能让我多做一个发言，多写一篇文章。在那些热闹的时间和拥挤的空间中，我的声音隐了，我的笔墨隐了。

此为大隐。

二

大隐很难做到，因为阻碍性的理由太多。

例如——

“我不想显身扬名，但是为了事业，为了同事，不能不站在前台”；

“我们这个行当长期黯淡，就是因为缺少几个叫得响的代表人物，我不小心成了这样的人物，只能当仁不让”；

“我家世代务农，埋身乡里，我终于广受关注，也好让前辈含笑九泉”；

“我本人并不在乎，但妻子需要一个闺密们都知道的丈夫，女儿需要一个同学们都听到过的父亲”；

……

这些理由都很正当，我不反对人们为了这样的理由伫立高台，引领视听。只不过，我自己不做这种选择。

我不认为自己要承担那么多责任。因为别人也都有各自的事业、行当、前辈、家人，如果都这么承担，世界是不是太闹腾了？闹腾中必然还会有竞争和嫉恨，这更是我不喜欢的了。

因此，在这么多理由中，我还是选择大隐。

三

在种种理由中，只有一条让我产生过犹豫。

那就是，社会上出现了针对自己的谣言和诽谤，是不是仍然保持大隐，默然不语？

换言之，能不能因大隐而大忍，因大忍而颠倒形象、污损名声？

对于这种情况，很多有隐逸倾向的人也不能接受，他们总是破门而出，拍案而起，激烈辩论，甚至不惜诉诸法庭。

也就是说，他们为了名，放弃了隐。

对此，我仍然做相反的选择。

在我看来，一个人的生命真实，完全把握在自己手里，与别人的说三道四完全无关。有人乐于信谣，有人将信将疑，有人忙于传播，有人听之任之，这一切，更不必理会。因为即使理会了，辩赢了，胜诉了，仍然会有更多的人说三道四、将信将疑、忙于传播、听之任之。

谣言和诽谤像窗外的雨，不管下得多么狂暴和猛烈，反而更能反衬窗内的自如和安定。因此，雨幕雨窗，倒是成了守卫生命的护墙，使生命之隐更加确认。

我自身的经历证明，半辈子大隐，为什么能够隐得那么透彻，主要是靠谣言和诽谤为我打造了一堵狰狞的护墙，使外边的花鸟虫草无法近身。

你看，正是因为这些谣言和诽谤，官场、同行、媒体都尽可能地躲开了我，一切社会荣衔如代表、委员等不再来骚扰我，各种各样的会议、报告、传达都放过了我，这是多么求之不得的事情啊！如果没有这些谣言和诽谤，我要达到这种安静境界，需要花费多少精力去拒绝、推卸、婉谢？

现在它们全部代劳了，真是功德无量。

因此，古语说“大隐隐于市”，而我则“大隐隐于谤”。

千万不要辟谣、除谤。因为这等于解除了门外的铁甲武士，使自己的宅院不再宁谧。

四

大隐千难万难，最难的一项，是“自掩亮点”、“自闭殊色”，使自已在基本生态上，沦于寻常。

这是因为，亮点和殊色，必然会成为他人关注你、牵引你、拥戴你的原因，使你既无法小隐，又无法大隐。

只有一个办法，那就是中国古代智者所说的韬光养晦、中庸守拙。

这可以举一个真实的例子。

前不久，复旦大学历史系钱文忠教授对我说，他的父亲认识一个叫赵纪锁的老干部，知道我四十二年前的一件往事。钱教授才说几句，就把当时在场的一位退休高官吓了一跳，连连问："这么重要的事，我怎么不知道？而且，好像大家都不知道？"

钱文忠教授讲的是，一九七六年周恩来总理去世，"四人帮"在上海的势力严令禁止悼念。我和赵纪锁先生一起，大胆地组织了上海唯一的一个追悼会，由我主持。

这在当时是不要命的事，很快就有上海工人造反司令部一个姓孙的文化教员和我所在单位一个姓周的政治干部神情诡异地来"探望"我，一看就知道是缉捕的前兆。我就立即托请一位早年的老师帮助，潜逃到浙江奉化的半山老屋里躲藏起来，使他们追缉不到。

"四人帮"倒台后政治形势反了过来。我回到上海，发现所有以前的帮凶完全打扮成了相反的面目，全都编造了自己的"光荣斗争经历"而谋取了新的职位。于是，我选择了沉默。

当时，那些为自己涂脂抹粉的昔日帮凶都很难找到像样的脂粉，而我则相反，只要稍稍讲一点主持追悼会的事，而且人证充分，一定会成为一个了不起的"英勇事迹"。如果再加上当年造反派暴徒写入我档案的"长期对抗文革"的结论，那就更是光环重重了。但是，我一点也不想追求特殊的政治地位，更不想引起大家太热烈的赞颂，就选择了“自我消磁”，几十年都不提一句。直到今天，已成了“前辈的前辈”，再也不会进入任何光圈了，才顺着赵纪锁先生的回忆，补说几句。

我的这种“自我消磁”，也就是前面说的“自掩亮点”、“自闭殊色”，已经成为我的人生习惯，也是我最终实现大隐的一条秘径。

当然，这条秘径也是险径。例如前面说到，我在组织周恩来追悼会之后，不是有两个人前来查缉吗？时世一变，他们都害怕了，但看我没有动作，他们反而以攻为守，开始与其他当年的造反派首领一起大肆诽谤我在“文革”中的经历，实在是彻底颠倒了。我如果怒而反击，他们当然会一败涂地，然而这么一来，我更会万众瞩目，无法大隐了。因此就任由他们闹去，我只安静地做着自己想做的事。

对于这种态度，很多人为我担心。既掩荫自己的优势，又容忍他人的歪曲，那自己还是自己吗？

但是，“自己”真有那么重要吗？庄子在这个问题上留下的名言是：“至人无己，神人无功，圣人无名。”

那就可以做一个总结了：何谓大隐？无己，无功，无名。

学会蔑视

恶言脏语是不可忍受的。

问题是：谁让你忍受了？

喊着你的名字并不是一定要让你忍受，就像集市间的小贩拉住了你的衣袖，你可以拂袖而走，快步离去。

冲着你的脸面也并不是一定要让你忍受，就像一条阴沟散出一股异味，你不必停下脚步来细细品尝。

千万不要与他们辩论。

原因是，辩题是他们出的，陷阱是他们挖的，又不存在真正的裁判。这就像，硬被拉到他们家的后院，去进行一场“篮球赛”。

许多善良的人，总是在别人家的后院，一次次败下阵来。

当负面声浪围绕四周时，立即回想自己有没有真的做错什么。如果没有，那么就应该明白，这是对自己重要性的肯定，肯定自己以全新生态构成了对众人的挑战，证明自己生命的超前和优越。

谦虚地领受吧，把骄傲藏在心底。

中国有幸，终于到了这个时代，谁也可以不去理会那些拦路诘问者。

他们说你背上有疤，你难道为了证明自己清白，当众脱下衣服给他们看？

须知，当众脱衣的举动，比背上有疤更为严重。因为这妨碍了他人，有违于公德。

而那些诘问者，看到你脱了上衣，还会指向你的裤子……

对于这种拦路诘问者，我们唯一能给予的，就是蔑视。

我们以往，蔑视了很多不该蔑视的人和事，却对真正需要蔑视的对象束手无策。因此，学会蔑视，是一门重要课程。

蔑视，是一把无声的扫帚，使大地干净了许多。

模特生涯

我在读初中的时候一心迷恋绘画。好像也已经达到了一定的水平，证据是，经常被邀去为一些大型展览会作画，不少老师也把我的画挂在他们自己家里。

到初中二年级，我终于成了美术课的“课代表”。

回想起来，教我们美术课的陆老师实在是一个高明之人。他反对同学们照本临摹，而重视写生。写生的重点又渐渐从静物、风景上升到人体。人体写生需要模特，但初中的美术课哪有能力雇请？只能在同学中就地取材。我作为课代表，当仁不让。

不用脱光衣服，只是穿了内衣站在讲台上，让大家画。

所有同学都冲着我笑，向我扮鬼脸，把我引笑了，又大声嚷嚷说我表情不稳定，不像合格的模特，影响了他们的创作。

站了整整两节课，大家终于都画完了。老师收上大家的画稿，给我看。这一看可把我吓坏了，奇胖的，极瘦的，不穿衣服的，长胡子的，发如乱柴的，涂了口红的，全是我。而且，每幅画的上端，都大大咧咧地写了我的名字。老师一边骂一边笑，最后我也乐了。

陆老师把我拉到一边说：“你真的不该生气。如果画得很像，就成了照相，但美术不是照相。同学们乐呵呵地画你，其实是在画他们自己，这才有意思。”

陆老师看了我一眼，说出了一句最重要的话：“天下一切画，都是自画像，包括花鸟山水。”

我为什么被这般“糟蹋”？因为我站在台上，突然成了“公众人物”。全班同学必须抬头仰望我，因此也取得了随意刻画我的权利。

被仰望必然被刻画，这就是代价。画得好或不好，与我完全没有关系。老师一一为他们打了分，但这些分数都不属于我，属于他们。

几十年后我频频被各种报刊任意描绘、编造，形象越来越离奇，而且三天一变，层出不穷。很多朋友义愤填膺，认为那是十足的诽谤和诬陷，应该诉诸法律。但是大家都看到了，我一直平静、快乐，甚至不发任何反驳之声。

为什么？朋友们问，读者也问。

我在心里回答：我上过美术课，做过模特，有过陆老师，因此早就知道，他们其实在画自己，当然不像我。当年同学们为什么在每幅画像上都大大咧咧地写上我的名字？因为他们知道不像，才硬标上一个名字，好与自己撇清关系。

这情景，与报刊上的情景也大体类似。

他们借着我的名字画着自画像，这让我非常快乐。

高谊无声

人生在世，会被一系列美丽的景象滋润。这些景象会沉入脑海，铭刻心底，构建成一种乐于活在这个世界上的生命哲学。

我曾为四川地震灾区捐建了三个图书馆，因为没有转经中国红十字会的账号而被几个网络推手诽谤为“诈捐”，居然引发全国声讨。连灾区相关人士的反复证明，也被声讨所淹没。

无数事实证明，广大民众不想知道真相，只想看人笑话。我捐献的，是我们夫妻两人三年薪酬的总和，而且，从来没有向媒体宣布过，不知“诈”从何来？既然已经说不清，说了也没人听，那么，“诈”就“诈”了吧，好在三个图书馆早已默默存在。

正当我不想再辩一句之时，很多硕大的信封默默向我飞来。拆开一看，是天南地北很多杰出文化人为那三个图书馆题的词。

我看着每份题词后面的签名，眼前就出现了一个个面容，不禁在心中轻问：你们，怎么全都知道了我的处境？你们，怎么就那么干脆地肯定了我的捐献，连问也不问一句？

北京寄来的题词，是王蒙的签名。

天津寄来的题词，是冯骥才的签名。

西安寄来的题词，是贾平凹的签名。

宁夏寄来的题词，是张贤亮的签名。

香港寄来的题词，是刘诗昆的签名。

台北寄来的题词，是白先勇的签名。

高雄寄来的题词，是余光中的签名……

他们什么也不说，只是相信了一个人，便毫不犹豫地把自己的姓名交给了这个人。

同样的情景以前也发生过。上海一个文人诬称我的书中有大量“文史差错”，全国一百五十几家报刊转载，几乎成了定案。但后来听说，远在境外，就有不少大学者在报刊上不断为我辩护，却始终没有告诉我。例如，著名经济学家张五常，著名作家倪匡，著名学者焦桐，著名评论家陶杰……

由此我相信了：高谊无声。

由此我相信了：越无声，越入心。

在无声中飞来的一个个大信封，飞向压城的黑云间，飞向喧嚣的旋涡中。这景象，也以一种特殊的审美方式阐释了生命哲学，必定成为我的终身贮存。

教师的黑夜

一

我曾在海内外很多大学任教，而其中最有趣的，是担任上海戏剧学院院长。为何有趣？因为那个学院天天阳光灿烂。我在台上演讲，台下那么多英俊的男学生和美丽的女学生都满脸表情，又反应敏捷，稍稍一句幽默他们就哄然大笑，微微加重语气他们就热烈鼓掌。这种气氛一年年下来也就宠坏了我，使得我后来到北大、清华等别的学校演讲时，有很长一段时间不适应。因为那儿的前几排学生见我不用讲稿只是盯着他们讲，都不好意思地低下头来，我还以为讲岔了呢。

我多次说："演讲是台上台下生命能量的交换。"上海戏剧学院给我的"台下能量"，总是那么充沛饱满、准确迅捷。后来总有很多人高度评价我的演讲水平，我说，我拥有一个最有效的训练基地。

二

一九八一年五月一日，我到湖南长沙招生。到那里并不仅仅是招收湖南学生，而是包括湖南、湖北、福建、江西、广东、广西、云南、贵州一大片，只不过设点在长沙。由于地域太大，我们事先公布了一个条件非常严格的告示，因此前来报名的考生都已经是当地公认的文化英才。

那次招了多少学生，我已经忘记，只记得印象最佳、成绩最好的三个：一是湖南的江学恭，二是广西的黎奕强，三是广东的黄见好。前两位是男生，后一位是女生。他们被我看好，都是因为人很正气，有不错的人文基础，有很好的艺术感觉。

入学后上课，他们也是我特别关注的好学生。

那时，“文革”灾难过去不久，人文学科都在重建。由于连续不断的政治运动和思想批判，我国的绝大多数的人文学科都严重缺少基本教材。即便是少数拿得出手的，也只是从古代和外国的书里摘一点，根据形势需要编一点，加几个浅显的例子，如此而已。因此我们这一代面临的艰巨任务，是为每一门学科从头编写系统教材，并系统开讲。

我当时讲授的课程非常多，几乎每天的上午和下午都安排了不同的课，讲得既劳累又兴奋。

这些课程，因为是在填补历史的缺陷，听的人非常之多，甚至上海戏剧学院附近的一些高校，例如上海交通大学和上海音乐学院的某些班级，每逢我讲课都会把原先的课程停下，教师和学生一起来听。这样，讲课只能改在剧场了，把前三排位子留给本校的教师。好玩的是，学院的一些清洁工看到如此盛况，也都握着扫帚站在后面听。

面对这种热闹而混乱的情景，就需要由我的学生来引导、安排、维持秩序了。因此，江学恭、黎奕强、黄见好他们就特别忙碌。

他们毕业之后，都十分出色。

黎奕强完全靠自己的才干，被选为广州市文化局副局长，兼粤剧院院长，连大名鼎鼎的红线女都在他的剧院里。上上下下一致反映，他做得很好。

江学恭更让人瞩目，那么年轻就成了一个文化大省的文化主管，担任了湖南省作协常务副主席、文联副主席、省政协常委兼科教文卫体委副主任。他的这些职务都不是挂名，种种实事都是他在干。

黄见好走了另外一条路，一心写作，文思喷涌，成了南方现代派文学的重要代表，笔名“伊妮”，拥有大量年轻读者。

三

直到此刻，我还是在写“黑夜”之前的“白天”。但是，“黑夜”终于来了，来得惊心动魄。

一九九七年二月六日凌晨，黎奕强好不容易从百忙中抽身，急匆匆地赶到广西梧州老家过春节。是他自己开的车，车上还有他的儿子。没想到在这条熟路上有一架桥梁正拆卸修理，深更半夜看不清，又没有路障，黎奕强的车子一下子就冲落岸崖，凄惨的后果可想而知。这位年轻有为的局长、院长和他的儿子，顷刻之间离开了世界。

过了两年多，黄见好也奇怪地失踪了。深爱她的丈夫会同公安部门一直在寻找，几乎找遍了全国一切可能的地方，几年下来都毫无结果。朋友们说，她极有可能是因为现代派文学而主动离世了，还设计了让人找不到的方式。太深沉的文学思考让她发现了生命哲学的某种终极指向，便身体力行。国外也有现代派的诗人和乐手，走这条路。

这一来，三个我最看好的学生，只剩下江学恭了。

谁能想到，几年后传来消息，江学恭因“双肾衰竭”而紧急住院，只能依赖血液透析来维持生命！他面临的，是肾切除并移植，结果会怎么样呢？

连最有经验的医生也频频摇头。

——每一个消息，都让我张口结舌、不知所措。我不断摇头、不断发问，提出各种疑点，但是没有人能回答我。

我的学生，我亲自招收来的学生，听过我很多课的学生，怎么会这样？

如果那一年，我没有把他们招收进来，他们也许不会遇到这些祸殃？……

现在，已经不见了人影的黎奕强，还留下了他亲笔写的“生平”，一上来就标明自己是“余秋雨教授的学生”；已经不见了人影的黄见好，还在自己出版的书籍扉页上，印着自己“师从余秋雨教授”的身份。

人走了，字还在。学生走了，教师还在。

这，实在算得上“教师的黑夜”了，黑得星月全无、片云不见，黑得我喘不过气来。

四

我们学院的毕业生中有一个叫蔡国强的艺术家，因为惊人的焰火技术而名震国际。前两年他向母校提出一个建议：校庆之夜，用激光字幕，把所有校友的名字像流水一样投射在教学大楼的外墙上。

这真是一个好主意。那天夜晚，所有的师生和校友都密密层层地站在黑夜的草坪上，抬头仰望着那一排熠熠闪光的名字安安静静地从三楼窗台下的红墙上流过。很多名字大家都知道，一出来就引起轻轻的欢呼，但出名的人太多，渐渐连欢呼也来不及了。所有的名字都在表达一个同样的意思：是的，这是母校教室的外墙，让我再用心抚摩一遍。

一旦投射在教室外墙上，每一个名字都又回归为学生，因此不再区分是出了名还是没出名，是出了大名还是小名。终于，再也没有欢呼声了，我听到了耳边轻轻的抽泣。

就在这时，我看到了黎奕强、黄见好的名字。

我知道自己立即流泪了。是的，你们哪儿也没有去，只在这里，从来未曾离开，我终于找到了你们！过去，在教室，你们抬头仰望着我；今夜，在这里，我抬头仰望着你们。

黎奕强，你的名字走过教室外墙时好像慢了下来，是不是回想起了学校里的那些往事？黄见好，你的名字也慢了下来，不错，这教室，正是你初次听我讲现代派文学的地方，但是，你心急了，现代派文学对于生命的终极方式，还有另一些答案。

又看到江学恭的名字了。学恭，此刻你还好吗？今天做了血液透析没有？肾的切除手术会在什么时候进行？

五

一天，毫无思想准备，突然听到了江学恭的一个惊人消息。

经过几年艰难万分的治疗，他的身体居然已经好转。在治疗之初他的心情跌入谷底，却又觉得应该重温某些重要的人生阶段，于是又捧起了我的书。

他每次血液透析需要花费五个小时，便在这个过程中考虑，能否把我曾经打动过他的一些话变成一本语录？

在一次次手术间隙中，他不断读书，不断构思，不断动笔。居然，历时几年，几易其稿，终于成书。成书的时间与他康复的时间，几乎同步。

语录以“文化美学”为选择重点，书名为《大美可追》。

但是，这算是我的语录吗？那些话似乎真是我说过、写过的，但是，却被一个坚强的生命在最艰难的时分选择了、淬砺了、萃取了。那么，它的价值属性已经发生了转移。我的话，只不过是素材。把素材打造成器的师傅，是他。而且，他在打造的过程中，倾注了生命的终极力量和最高尊严。

这件事，让我对“教师的黑夜”产生了某种安慰。不管黑得多深，总会有晨曦乍露。

江学恭的晨曦已经证明，人世间能挽救生命的，除了药，还有美；除了医学，还有美学。

“大美可追”，这是一个人在生死关头给自己下达的命令。于是，他去追了，生命也就随之昂扬起来。

（注：江学恭先生已于2023年1月22日在长沙湘雅医院去世。）

头面风光

一

二十几年来，我从来没有进过理发店。

光听这句话还不至于吃惊，因为大家会想到，单位里可能会有一间理发室，朋友间可能会有一位能够理理剪剪的人。

但是，都没有。

“那由谁给你理发？”他们问。

“我妻子马兰，由她包了三分之一。”我回答。

“马兰学过理发吗？”他们问。

“没有。她在我头上开始第一剪。”我回答。

“第一剪之后到外面学过吗？”他们问。

“我的头是她唯一的学校。”我回答。

“你说她包了三分之一，那么还有三分之二交给谁了？”他们问。

“我自己。”我回答。

“你自己？自己怎么剪？”他们问。

“左手摸头发，右手拿剪刀，摸到长了就一下子。”我回答。

“用镜子吗？”他们问。

“镜子没用。只用触觉。”我回答。

听完以上问答，大家一定会非常惊异，但更惊异的，是以下这个事实——

这二十几年，恰恰是我无法推拒各方面的盛情不得不频繁上电视的年月。例如，在国际大专电视辩论赛中担任“现场总讲评”很多年，这个节目在海内外播出时拥有很多观众；又如，一再被邀主持环球历险考察，整整几个月每天都要不断在电视直播中讲述；再如，为北京大学各系科讲授中国文化史，全部课程也由电视转播……

这也就是说，由我自己或马兰随手乱剪的头，几乎天天要以特写的镜头面对数以百万计、千万计的观众！

让我感到困惑的问题是，为什么始终没有一个观众对我的发式、发型提出过任何意见？一年没有，两年没有，二十几年都没有。

答案没有找到，却让我更加放心地拿起了剪刀。

如此怠慢理发，并不是我故作潇洒，而是遇到了一系列无可奈何的状况。

二

记得在环球历险考察时要经过很多恐怖主义盛行的地区，成天毛骨悚然，可以想象头发纷披的样子。这样子，出现在镜头上倒是与环境气氛符合。过些天，暂时脱离恐怖主义地区了，主要标志是路边有了一些小买卖。有一次看到那些小买卖边上用一块黑油布围了一把脏兮兮的椅子，黑油布上挂了一条硬纸，上面画了一些红白相间的斜条，有点像国际通用的理发店记号。我对自己的猜测产生了好奇，就抬手摸了一下自己的头发。果然头发已经又长又乱，便向那把脏兮兮的椅子走去。刚走两步，就见到一个男子用当地土话招呼我，手上举着一把生锈的大剪刀。正是这把剪刀把我吓着了，我赶紧扭身而回。

这天晚上我在栖身的小旅馆里找出随身带着的普通小剪子，决定自己来剪一下头发，因为明天一早还要上镜头。这一路，马兰不在身边，只能自己动手。

我右手握着小剪子在头发上滑动，只要左手抓住了什么，便咔嚓一声。随即把剪下来的一小绺头发放在手边的一张纸上，就像白亮的天空中出现了一小撮乌云。很快，第二撮、第三撮乌云又来了。

侧头一看，觉得这个比喻太大了，其实这一绺绺剪下来的头发，更像一支毛笔涂下的残墨。

不错，残墨比乌云更准确。我是一个写书法的人，这一路没有携带毛笔砚台，却让头顶负载来了"残墨"。如此一想，我决定把这些"残墨"洒落到这恐怖而又荒凉的沙漠上，便起身关掉了房间的灯，拉开了厚厚的黑窗布，打开了窗。在这里，任何一扇有灯光的窗，随时都可能招来射击。

我在关灯、开窗的过程中，突然想到，在中国古代，"断发而祭"，是一种隆重的典仪。此刻窗外，还有土垒战壕，我以此来祭祀伟大古文明的陨落，来祭祀千年雄魂的悖逆。我相信，在我之前，不会有另一个中国人在这片土地上"断发而祭"。

三

那么，回到国内，为什么还不去理发店呢？

前面已经提到，我的电视节目总有很高的收视率，播出期间很多人都记住了我的脸，走在路上很不方便。中央电视台的化妆师只吹风不理发，我一个人在北京找不到隐秘的理发处所。

有一次，我离开招待所到附近一家饺子馆用餐。点了一份最普通的大白菜肉馅水饺，没想到这样的馆子所说的“一份”，量有点大，有三十几个吧，其实我吃了十个左右就已经饱了。一问，那个馆子也没有打包带走的盒子。正当不知所措之际，才发现周围所有桌子的顾客都在笑眯眯地看着我。全部笑容表明，他们都是我的观众，而且好像都知道，我由于不知道“一份”的分量而遇到了麻烦。他们都好奇地期待着，看我如何处理这个麻烦。搁下盘子离开，是一个最笨拙的办法，因为大家都厌恶浪费粮食的人。我强烈地感受到了四周的好奇，却又不能向他们点头微笑，只能用筷子拨弄着饺子，眼睛则打量门外，希望正好有一个熟人经过，然后大呼小叫地把他请进来，让他坐在我边上，假装老友重逢，话语滔滔，然后找个时机离开。

但这只是幻想，那个熟人始终没有在门外出现。我只能干熬着，两眼落寞地打发时间。等到周围的顾客熬不过了，一桌桌先后离开，我才悠然起身，慢慢地向门外走去。

这件事让我产生了警惕：在电视节目播出期间，尽量不到公共场所，包括理发店。

因此，我又只能由自己来剪头发了。

回到上海家里，请马兰剪，那就是一件奢侈的事情了。

马兰也不专业，剪头发的时候就笑话连连。

有一次她下手有误，把我的鬓角剪得太多，露出了一块白白的头皮，十分惹眼。要命的是我下午就要演讲，怎么办？

我先想到用墨汁涂一下。马兰笑着说：“万一流汗了，墨汁与汗一起流下来，在脸上留下几道乌黑的纹样，怎么办？”

因此，她想到了擦皮鞋的黑色鞋油，涂上去，不会随汗水流下。黑色鞋油已经长久不用，忘了放在哪里了，好不容易找到，已经有点干涸。试着一涂，太厚太黑，更加难看，于是又在笑声中洗掉。

洗掉后我低头一想，充满信心地说：“如果我的演讲精彩，所有的听众都被内容吸引，谁还会关注鬓角？”

马兰也说：“对，这里留点白，别人还以为是一种新的发式，把你看成一个引领潮流的人。”

果然，下午演讲，大获成功，没有人批评我的鬓角。

四

——我故意把一件小事写得啰里啰唆，是想憋住劲，说一个大道理。

理发，很多人看得很重。因为这是“头面风光”，牵涉到一个人的自身尊严，以及对他人的礼貌。如果让那些较真的评论家来分析，又可上纲上线为“媒体的格调”、“职业的本分”、“群体的形象”。

但是，我把这一切，都放弃了。

说到底，“头面风光”，没有那么重要。

比较重要的是，“头面”背后是什么，“风光”背后是什么。

天下文化，皆分浅、深两层。浅层文化和深层文化不能分割，而且还会互相转化。但一般说来，浅层文化更注重“头面风光”，因为它有一种通俗的感官吸引力而容易被大众接受。但是，我亲身所做的实验证明，即便是大众，也未必执着于此。我的观众，“大众”得不能再“大众”了，但他们居然对我的“头面”集体放逐，不予理会。

因此，我要劝导一切为外部形象而苦恼的朋友：“头面”本来是做给大众看的，但大众并不在乎，你为什么要在乎？

大众什么时候会在乎“头面”？在你实在拿不出“头面”底下的东西的时候。这就像看不到珠宝匣里有珠宝，只能看看那匣子了。

有的朋友执着于“头面风光”，也许是因为有人在向你的“头面”投污。那就更不必生气了，考古现场证明，匣子上多一点泥污，对内藏并无损害。

文末需要说明，现在我不上电视了。

不是因为身体疲倦，而是因为兴趣疲倦。不是因为观众疲倦了我，而是我疲倦了观众。

请观众原谅，我们是老熟人了，我只能说真话。

剪头发的事，还是由我自己和马兰轮着做，我三分之二，她三分之一。剪下来的头发，仍然放在手边的稿纸上，依然像一绺绺乌云，一撮撮残墨。只不过，出现不少花白的丝缕，就像乌云渗进了日光，就像残墨渗进了清水，都淡了下来。

一则证婚词

很荣幸担任今天这个婚礼的证婚人。

感谢双方的父母亲，让我们看到了新郎、新娘还是婴儿时的照片。

生命，实在是无法想象的奇迹。这么幼小的生命，终于有一天，会说话了；终于有一天，会上学了；终于有一天，会思考了……

终于有一天，石破天惊一般，他们懂得爱了！

懂得爱还不够，他们还懂得了爱的选择，懂得了把选择固定，还愿意把这种固定长久延续，并让亲朋好友来见证……

于是，就有了今天这个日子。

在这儿我想给新郎、新娘说几句重要的话，希望年轻的伴郎、伴娘们也听一听。

结婚以后，爱情的方式不会像以前那样热烈了，但有可能爱得更深。

社会上有一种说法，叫作“婚姻是一个屋顶底下的互相宽容”，我希望你们不要相信。什么叫“互相宽容”？好像妻子或丈夫有不少缺点，只能“开一眼、闭一眼”算了。

请问，你凭什么判断哪一些是对方的“缺点”呢？是说话、做事比较着急吗？是容易遗忘一些生活细节吗？显然，这些所谓“缺点”，只是一些差异。如果换一副眼光，你就会觉得，恰恰是这些差异，非常值得欣赏。

南非大主教图图的一句话曾被我们写入联合国的《人类发展报告》，那就是“Delight in our differences”，意思是，为差异而欢欣。这个想法，已经成为当代人类哲学。

结婚，就是找到了有差异的对方而彼此欢欣。

对妻子和丈夫，要由衷地天天欣赏、天天惊喜。果然，你会发现，对方确实越来越值得欣赏和惊喜。

在新娘的一天天欣赏和惊喜中，多少年后，今天的新郎一定会变成一个更精彩的男子；同样，在新郎的一天天欣赏和惊喜中，今天的新娘也会越来越出色。

请相信，天下任何丈夫和妻子，都有能力塑造出天下最优秀的妻子和丈夫。

相反，天天抱怨、漠然、疲沓，也会建造出一个抱怨、漠然、疲沓的门庭。

请记住，婚后的每一天，都应该像蓦然初见，一见钟情；都应该像婚礼犹在，鼓乐长鸣。也就是说，婚姻的漫长岁月，都是永不止息的创造过程。天天都在创造着对方，也天天都在创造着自身。

当然，多少年后，新娘脸上会出现皱纹，但那是爱情大树的“必要年轮”；新郎头上还会出现白发，但那是爱情的高峰触及了天上的白云。

我相信，到那时，你们还会互相欣赏，互相惊喜，让“年轮”和“白云”，都闪耀着超逸的神圣。

——我有资格做这一番证明，并不仅仅是因为年龄。今天，我的妻子马兰也来了，我们以几十年老夫老妻的婚姻生活，一起来做证明。因此，今天的证婚人，不是我一个人。另一个更重要，这个以演唱中国的婚姻进行曲《夫妻双双把家还》而温暖过无数家庭的人。

至此我隆重宣布：新郎、新娘的婚姻，成立了。

今天是二〇一八年七月二日，现在是下午五时一刻。

我希望，五十年后，二〇六八年七月二日，也是下午五时一刻，也是这样天光灿烂的时分，有一对上了年纪的夫妻，再次来到这个海滨，这片草坪。两个人微笑地对视着，天地间一片安静。

更有可能，带来一大批儿子、女儿、孙儿、孙女，这儿会像今天一样热闹。那我就希望，把我此刻发表的证婚词录音再播放一遍，让几代孩子都听一听。

寻　找

小时候，梦中寻找的总是妈妈。

现在，总是她。

与生活中正好相反，梦中的她，总是不告而别，到很远的地方。我似乎也知道那地方很远，因此刚刚要找，脚下已经是西奈沙漠、约旦佩特拉、密克罗尼西亚的海滨、卢克索的山顶……她总是在那里飞奔，步伐那么矫健，周围的游人都在看她。因此，我只要顺着众人的目光，总能找到她。

有的地方，没有游人，只有蛮荒的山岭，那就更好找了，因为所有山脉的曲线都指向她。

飞奔到一个醒目的高处，她会突然停步，猛然转身，伸直手臂大幅度地摇摆。好像早就知道我在找她，已经找到她的脚下。

她笑得很骄傲，为她走得那么远、那么高，为她知道我会找，而且一定找到她。好像，一切都是她的计划。

我很快追到她眼前，只是笑，没有话。一时间，游人不见了，山岭不见了，天地间只剩下我和她。

这时我大多会醒，惊讶地看一眼还在熟睡中的她。

其实她没有行动计划，只有心灵计划。

正因为没有行动计划，所以也没有行动路线；正因为没有行动路线，所以再远的地方她也能随意到达。

这事说起来有点艰深，但是自从人类开始懂得跨时空“穿越”的可能性，才知道过于精细的安排都是障碍。只有心灵，才能使我们脱地滑翔，转眼就能抵达任何想去的地方。地图由心描画，世界处处是家。

所以，我总能在最远的角落找到她，却不知道她是怎么去的，是坐车，还是骑马？

她的心灵计划既然与路线无关，与距离无关，那么又与什么有关？

与人，只能是人。她的心灵计划，由两个人组成，却又至远至大。

因此她能突然停步，猛然转身，知道我一定已经找到她背后，可以四目相对，分毫不差。

我的心灵计划也是由两个人组成的，也能伸发到海角天涯。因此，我天天在找，却找得 点也不累。她必定知道我在哪里，我必定知道哪里有她。

我曾对年轻人说，人生在世，最要紧的是找对一个人。如果找着了，那就会天天牵挂，却又不必牵挂。

于是天边就在枕边，眼下就是天下。

并肩观赏

我看到，被最美的月光笼罩着的，总是荒芜的山谷。

我看到，被最密集的朋友簇拥着的，总是友情的孤儿。

我看到，最兴奋的晚年相晤，总是不外于昔日敌手。

我看到，最怨愤的苍老叹息，总是针对着早年的好友。

我看到，最容易和解的，是百年血战。

我看到，最不能消解的，是半句龃龉。

我看到，最低俗的友情被滔滔的酒水浸泡着，越泡越大。

我看到，最典雅的友情被矜持的水笔描画着，越描越淡。

……

——看到这种种逆反，请不要惊慌，因为这是人世之常。更不要沮丧，因为看到这一切怪异现象的并不只是你一个人。大家在惊讶和感叹过后，都会悟得其道，莞尔一笑。

如果身边还一直紧贴着一个人，一起看了几十年，看尽全部异化、转化、蜕化，那么，两个生命也就会在无数次的四目相对中超凡入圣。

是的，只要我找到了她，天下最荒诞的事态，都可以一起并肩观赏。

私人地库

一个优秀的当代文化人，心中应该有一定分量的艺术贮藏。如果没有，就浅薄了。

不少人也有贮藏，但量太小，又没有特色。他们有的，大多是从课堂上听来的或书本里读来的通常知识，例如“文艺复兴三杰”、“唐宋八大家”等等。

另外一些人倒是有“私人地库”，但往往局限于一些个人经历。例如中学里集体朗诵过的几首诗，恋爱时一起哼唱过的几首歌，画廊里曾经让自己感动的几幅画。这对于一个企盼具有艺术素养的人来说，实在是过于简陋了。

这两种人，代表着两个类型：一个是“教科书派”，一个是“回忆录派”。前者缺乏自我感觉，后者沉浸琐碎感觉，都还没有在美的领域构建起像模像样的“私人地库”。

若想让美的“私人地库”比较像样，需要有三个特征：一为厚实，二为任性，三为诡秘。

先说第一个特征：厚实。

虽然是藏在心底的隐秘结构，却应该具有时空意义上的真正优势。

因此，在美的“私人地库”构建之初，还是要把这个工程当作一件大事，至少，应该多到著名的博物馆、音乐厅和经典作品中流连、爬梳、剔抉，在那里探寻自己。

探寻自己，是努力从博物馆、音乐厅和经典作品中，找到自己的“高阶位感觉敏感带”。对此，我们要相信自己拥有一个健全人的种种天赋本性，与古今中外的艺术大师具有沟通的潜能，因此，一定能从他们身上找到自己的一部分。

再说第二个特征：任性。

美的“私人地库”，又必然处处展现出一种“不服从”的任性。

首先是不服从经典。刚刚不是说要到著名博物馆、音乐厅中去寻找吗？但是，小小的“私人地库”对于大大的博物馆也保持着一种傲然，并不是一切名作都能入围。往往，越是有名，越有一种被外界强加的霸凌之势，越可能与“私人地库”主人无缘。对主人来说，这并不丢人，反而确认了自己的独特存在。

其次是不服从流行。流行总是挟带着强大的传媒声势、商业声势、广告声势而控制广大年轻群体，变成了一种很难不服从的趋向。于是，美的“私人地库”就要对它表现出一种任性，固守着自己生命深处的美学刻度。这种美学刻度倒也未必保守，对于流行中的上等佳品也会延请入门。

更要说说第三个特征：诡秘。

诡秘，并不是指“私人地库”隐藏得深，而是指它所隐藏的内容与主人的基本形象判然有别。

我看到一些介绍，一个童话作家永远痴迷着上古史诗，一个浪漫诗人最大的乐趣是考古，一个高深的文史学者只爱看市井艳情小说，一个完全不读中文的西方作曲家经常练习中国书法……

我觉得，这种诡秘的逆反，其实是互补，安顿了主人在日常生活中希冀而又陌生的那个精神层面。

也就是说，美的“私人地库”，常常会以“反叛”职业、“反叛”习见、“反叛”定位的方式，呈现另一个自己。

在这里我不能不暴露一下自己了。

我的外在身份，是一个经常在国际上传播中华文化的学者。海内外的读者和听众，都知道我对中华文化已经到了“生命与共”的程度。而且，我能自如地写作文言文和古体诗词，又擅长书法，被人称为“当代罕见的中国古典文化通才”。难道，我的“私人地库”里，还有别的储藏？

只能让朋友们吃惊了，我“私人地库”里最重要的储藏，居然是西方现代派文艺。

从贝克特、尤涅斯库的荒诞派，到萨特、加缪的存在主义，到斯特林堡、卡夫卡、奥尼尔的表现主义，再到普鲁斯特的意识流，都让我深深震动。

经过反复比较，在所有的现代派中，我更郑重地选择了以海明威为标志的“不像象征的象征主义”，以及以迪伦马特为代表的历史嘲讽主义。从他们出发，我在创作实践中独自建立了“象征诗学”的基本理念。

“象征诗学”，这是我不愿多说的一种暗中蕴藏，其实已经成为我“私人地库”的心灵执掌。

让所有的叙述都变成象征，让所有的历史都变成诗——这就是我对“象征诗学”的追求。我自己创作的《冰河》、《空岛》、《信客》等等，都是这种追求的成果。尽管，它们看上去非常古朴，一点也不像现代。

我的“私人地库”竟然是这样的逆反风景，这难道不会影响我对中国古典文化的表述？不会。相反，只会悄悄引导我从人类命运、整体美学的角度来评析短长，使中国文化在世界文化中找到更恰当的身份。

我对中、西两方的同时深潜，使我比较容易地找到了它们相通的地下隐脉，以及相隔的地质断层。每次发现这种隐脉和断层，我都兴奋。

第二部分

万里入心

拼命挥手

这个故事，是很多年前从一本外国杂志中看到的。我在各地讲授文学艺术的时候，也曾提及。

一个偏远的农村突然通了火车，村民们好奇地看着一趟趟列车飞驰而过。有一个小孩特别热情，每天火车来的时候都站在高处向车上的乘客挥手致意，可惜没有一个乘客注意到他。

他挥了几天手终于满腹狐疑：是我们的村庄太丑陋，还是我长得太难看？或是我的手势错了？站的地位不对？天真的孩子郁郁寡欢，居然因此而生病了。生了病还强打精神继续挥手，这使他的父母十分担心。

他的父亲是一个老实的农民，决定到遥远的城镇去问药求医。一连问了好几家医院，所有的医生都纷纷摇头。这位农民夜宿在一个小旅馆里，一声声长吁短叹吵醒同室的一位旅客。农民把孩子的病由告诉了他，这位旅客呵呵一笑又重新睡去。

第二天农民醒来时那位旅客已经不在，他在无可奈何中凄然回村。刚到村口就见到兴奋万状的妻子，妻子告诉他，孩子的病已经好了。今天早上第一班火车通过时，有一个男人把半个身子伸出窗外，拼命地向我们孩子招手。孩子跟着火车追了一程，回来时已经霍然而愈。

这位陌生旅客的身影几年来在我心中一直晃动。我想，作家就应该做他这样的人。

能够被别人的苦难猛然惊醒，惊醒后也不做廉价的劝慰，居然能呵呵一笑安然睡去。睡着了又没有忘记责任，第二天赶了头班车就去行动。他没有到孩子跟前去讲太多的道理，只是代表着所有的乘客拼命挥手，把温暖的人性交还给了一个家庭。

孩子的挥手本是游戏，旅客的挥手是参与游戏。我说，用游戏治愈心理疾病，这便是我们文学艺术的职业使命。

我居然由此说到了文学艺术的职业使命，那是大事，因此还要郑重地补充一句——

这样轻松的游戏，能治愈心理疾病吗？能。因为多数心理疾病，其实只是来自对陌生人群的误会，就像那个小孩对火车旅客的误会。

白　马

那天，我实在被草原上的胡杨林迷住了。薄暮的霞色把那一丛丛琥珀般半透明的树叶照得层次无限，却又如此单纯，而雾气又朦胧地弥散开来。

正在这时，一匹白马的身影由远而近。骑手穿着一身酒红色的服装，又瘦又年轻，一派英武之气。在胡杨林下，马和骑手成了一枚小小的剪影，划破宁静……

白马在我身边停下，因为我身后有一个池塘，可以饮水。年轻的骑手微笑着与我打招呼，我问他到哪里去，他腼腆地一笑，说："没啥事。"

"没啥事为什么骑得那么快？"我问。

他迟疑了一下，说："几个朋友在帐篷里聊天，想喝酒了，我到镇上去买一袋酒。"

确实没啥事。但他又说，这次他要骑八十公里。

他骑上白马远去了，那身影融入夜色的过程，似烟似幻。

我眯着眼睛远眺，心想：他不知道，他所穿过的这一路是多么美丽；他更不知道，由于他和他的马，这一路已经更加美丽。

我要用这个景象来比拟人生。人生的过程，在多数情况下远远重于人生的目的。但是，世人总是漠然于琥珀般半透明的胡杨林在薄雾下有一匹白马穿过，而只是一心惦念着那袋酒。

好了，那就可以做一个概括了——

第一，过程高于目的，白马高于酒袋。

第二，过程为什么高？因为它美。

第三，美在何处？美在运动中的色彩斑斓，美在一个青春生命对于辽阔自然的快速穿越。因此，美是青春、生命、自然、色彩、穿越。

你看，匆忙之间，却出现了一门完整的美学。

不要等待

年幼时，不懂得等待。

年轻时，懂得了等待。渐渐明白凡是大事、好事，都需要耐心等待。

终于年长了，才恍然大悟，尽量不要等待，尤其是不要长时间等待。

等待，是把确实的今天，交给未知的明天。

等待，是把当下的精彩，押注给空泛的梦幻。

等待，是一种心理安慰，但也有可能是一种心理欺骗。

有人告诉你，屋后的山坡上有一棵树，三年后会结出一种果实。于是你苦苦守望，天天等待，与朋友交谈也不离这个话题，而且已经一次次安排三年后的开摘仪式。大家对那种果实越想越玄，还不断地加添悬念。

三年一到，终于开摘了，大家张口一尝，立即面面相觑。原来，那果实口味平庸、粗劣、干涩，没有人愿下第二口。

再看周围，漫山遍野都是草莓、刺檬、紫榴、桑葚、酸枣、青柑，整整三年，全被冷落了，连看都没看过一眼。

但是，究竟是你冷落了它们，还是它们冷落了你？看看它们灿烂而欢快的表情，就知道了。

由此证明，等待是一种排他的幻想。苦苦等待来的，多半是尴尬。

何必等待，着眼当下。

与其等待稀世天象，不如欣赏今天的晚霞。晚霞中，哪一团彩云散开了，也不要等待它的重新聚合；哪一脉云气暗淡了，也不要等待它的再度明亮。它们每一次翻卷出来的图案花纹，全在人们的等待之外。

因此，只有不等待的人，才能真正享受晚霞。

晚霞不见了，你还等待什么呢？等待月明星稀、乌鹊南飞？它们恰恰都没有来。于是等待明天的晨曦吧，但是，整个早晨都风雨如晦，别是一番深沉的咏叹。

从理论上说，等待，是一种由“预期”所引起的误导。

那么，“预期”的依据又是什么呢？是“预知”。所谓“预知”，总是掺杂着不少幻想。

对于这种“预知”，哲学家王阳明认为是“未知”和“无知”。因此他提倡“知行合一”，否认在行动之前有什么“知”。他本人就是行动的典范，而且总是立即行动，绝不等待。

如果无法行动，他也不去等待。如果有一丝可能，他只寻找这种可能，而不是等待这种可能。

寻找是主动的，等待是被动的。王阳明宁肯放弃，也不要被动。因为被动往往是不动、乱动、反动。

其实，比王阳明早一千八百多年，大哲学家庄子就已经提出了这个主张，只有两个字："无待"。

消　失

你一定要走吗，失望的旅人？

你说，这里冷眼太多，亢奋太多，夜话太多，怪笑太多，让你浑身感到不安全。

你说，你要找一个夜风静静、问候轻轻、笑容憨憨的所在。

我说，别急，留一阵子吧。留下看看，也许能找到一个善良而安静的角落。

你说，也许，但自己已经找了好久，没有了这般时间和耐心。

我说，我也算你要找的那种人吧？至少有了一个。

你说，一个不够，至少三个。一个地方没有三个君子，就不能停留。

你劝我，迟早也应该离开。

没有马，但你的披风飘起来了，你走得很快。

直到你走得很远，我还在低声嘀咕：你一定要走吗，失望的旅人？

其实，我也多次想过消失。

但是，这里的山水太美丽了，我实在割舍不得。也许我会搬到山上的窝棚里去，等来几个猎人。他们没有在村子里住过，因此也没有冷眼，没有亢奋，没有夜话，没有怪笑。我选定一两个说得上话的结交，再慢慢扩大，渐渐变成新的村子。

然后，我会经常站在山口，等你回来。

关于尊严

历史的角落里，常常躲藏着一些极不对称的人格抗衡。

当年拿破仑纵横欧洲，把谁也不放在眼里。有一天突然发现，在意大利的国土之内居然还有圣马力诺（San Marino）这样一个芥末小国。他饶有兴趣地吩咐部下，找这个小国的首领来谈一谈。

一个只有六十平方公里的国家还叫国家吗？一个只有两万人口的国家还叫国家吗？本来他是以嬉戏取笑的态度进入这次谈话的，谁知一谈之下他渐渐严肃起来。他双目炯炯有神，并立即宣布，允许圣马力诺继续独立存在，而且可以再拨一些领土给它，让它稍稍像样一点。

但是，圣马力诺人告诉拿破仑，他们的国父说过："我们不要别人一寸土地，也不给别人一寸土地。"国父，就是那位石匠出身的马力诺。

这个回答使拿破仑沉默良久。他连年夺城掠地，气焰熏天，没想到在这最不起眼的地方碰撞了另一个价值系统。他没有发火，只是恭敬地点头，同意圣马力诺对加拨领土的拒绝。

我从意大利的里米尼（Rimini）进去，很快走遍了圣马力诺全国，一路上不断想着这件往事。正是这个小国，这件往事，让我懂得了何谓尊严。

大概有以下三点——

第一，尊严，主要产生于以弱对强，以小对大，而不是反过来；

第二，尊严，主要产生于平静的自述，而不是大声宣讲；

第三，尊严，主要产生于拒绝，而不是扩张。

那天，在圣马力诺面前，看似很有尊严的拿破仑反倒没有什么尊严可言。

因为他知道：威风很像尊严，却不是尊严；排场很像尊严，却不是尊严。

他拒绝了

事情发生在一六四二年，伦勃朗三十六岁。这件事给画家的后半生全然蒙上了阴影，直到他六十三岁去世还没有平反昭雪。

那年有十六个保安射手凑钱请伦勃朗画群像，伦勃朗觉得要把这么多人安排在一幅画中非常困难，只能设计一个情景。按照他们的身份，伦勃朗设计的情景是：似乎接到了报警，他们准备出发去查看。队长在交代任务，有人在擦枪筒，有人在扛旗帜，周围又有一些孩子在看热闹。

这幅画，就是人类艺术史上的无价珍品《夜巡》。任何一位外国游客，都想挤到博物馆里看上它一眼。

但在当时，这幅画遇上了真正的麻烦。那十六个保安射手认为没有把他们的地位摆平均，明暗不同，大小有异。他们不仅拒绝接受，而且上诉法庭，闹得沸沸扬扬。

整个阿姆斯特丹不知有多少市民来看了这幅作品，都咧嘴大笑。这笑声不是来自艺术判断，而是来自对他人遭殃的兴奋。

这笑声又有传染性，笑的人越来越多，人们似乎要用笑来划清自己与这幅作品的界限，来洗清它给全城带来的耻辱。

最让后人惊讶不已的，是那些艺术评论家和作家。照理他们不至于全然感受不到这幅作品的艺术光辉，他们也有资格对保安射手和广大市民说几句开导话，稍稍给陷于重围的伦勃朗解点围，但他们谁也没有这样做。他们站在这幅作品前频频摇头，显得那么深刻。市民们看到他们摇头，就笑得更放心了。

有的作家，则在这场围攻中玩起了幽默。“你们说他画得太暗？他本来就是黑暗王子嘛！”于是市民又哄传开“黑暗王子”这个绰号，伦勃朗再也无法挣脱。

只有一个挣脱的办法，那就是重画一幅，完全按照世俗标准，让这些保安射手穿着鲜亮的服装齐齐地坐在餐桌前，餐桌上食物丰富。很多人给伦勃朗提出了这个要求，有些亲戚朋友甚至对他苦苦哀求，但伦勃朗理所当然地拒绝了。因为，他有人格尊严和美学尊严。

但是，人格尊严和美学尊严的代价非常昂贵。伦勃朗为此要面对无人买画的绝境。

直到他去世后的一百年，阿姆斯特丹才惊奇地发现，英国、法国、德国、俄国、波兰的一些著名画家，自称接受了伦勃朗的艺术濡养。

伦勃朗？不就是那位被保安射手们怒骂、被全城耻笑、像乞丐般下葬的穷画家吗？一百年过去，阿姆斯特丹的记忆模糊了。

那十六名保安射手当然也都已去世。他们，怒气冲冲地走向了永垂不朽。

——我每次在画册上看到《夜巡》，总会凝视片刻，想起这个事件。

这个事件，美术史家常常当作笑话来讲，其实是把它看轻了。因为，它关及一个世界顶级画家，关及一幅世界顶级名作，关及一座审美等级很高的城市，关及整整一生的灾祸，关及延续百年的冤屈。里边，显然包含着一系列人类学意义上的重大悲剧。

因此，我们应该严肃面对。

有人说，世间大美，光耀万丈，很难被歪曲。言下之意，只有中下层次的美，才会受到中下层次的委屈。《夜巡》事件证明，错了。

有人说，公民社会，每个参观者都能自由发表意见，因此很难被歪曲；有人说，即使民众缺少审美等级，只要那么多专业评论家和各路学者存在，那就很难被歪曲……事实证明，也错了。

有人说，再怎么着，伦勃朗还在，他的绘画水准还在，他的创作冲动还在，他的一幅幅精美新作，也足以把《夜巡》的冤案翻过去了吧？事实证明，还是错了。

至少，在伦勃朗受到冤屈的漫长时日里，阿姆斯特丹的画坛还很热闹，那么多流行画家的作品在一次次展出，难道没有人在默默地对比中回想起伦勃朗，说几句稍稍公平的话？

遗憾的是，这种情景没有出现，直到伦勃朗去世。

在美的领域，千万不要对人群、社会、专家、同行过于乐观。其实，在其他领域也是一样。埋没优秀、扼杀伟大、泼污圣洁、摧毁坐标的事，年年月月都在发生。反过来，人们虔诚膜拜、百般奉承、狂热追随的，是另外一些目标。

这种颠倒，可以一直保持很久，甚至永远。伦勃朗在百年之后才在外国画家的随意表述中渐渐恢复真容，那还算快的。

我在论述谎言的时候曾经说过，所谓“群众的眼睛是雪亮的”，本身就是最大的谎言。在这里补充一句：我不仅仅是在说中国，也包括欧美，包括全世界。

哪儿都不会出现“雪亮”，因此，整个精神文明的旅程，都是“夜巡”。

我满眼是泪

好像是在去世前一年吧，伦勃朗已经十分贫困。一天，他磨磨蹭蹭来到早年的一个学生家里。学生正在画画，需要临时雇用一个形貌粗野的模特，装扮成刽子手的姿态。大师便说："我试试吧！"随手脱掉上衣，露出了多毛的胸膛……

这个姿态他摆了很久，感觉不错。但谁料不小心一眼走神，看到了学生的画板。画板上，全部笔法都是在模仿早年的自己，有些笔法又模仿得不好。大师立即转过脸去，他真后悔看这一眼。

记得我当初读到这个情节时心头一震，满眼是泪。不是为他的落魄，而是为他的自我发现。

低劣的文化环境可以不断地糟践大师，使他忘记是谁，迷迷糊糊地沦落于闹市、求生于巷陌——这样的事情虽然悲苦，却也不至于使我下泪。不可忍受的是，他居然在某个特定机遇中突然醒悟到了自己的真相，一时如噩梦初醒，天地倒转，惊恐万状。

此刻的伦勃朗便是如此。他被学生的画笔猛然点醒，醒了却看见自己脱衣露胸，像傻瓜一样站立着。

更惊人的是，那个点醒自己的学生本人却没有醒，正在得意扬扬地远觑近瞄、涂色抹彩，全然忘了眼前的模特是谁。

作为学生，不理解老师是稀世天才尚可原谅，而忘记了自己与老师之间的基本关系却无法饶恕。从《夜巡》事件开始，那些无知者的诽谤攻击，那些评论家的落井下石，固然颠倒了历史，但连自己亲手教出来的学生也毫无恶意地漠然于老师之为老师了，才让人泫然。

学生画完了，照市场价格付给他报酬。他收下，步履蹒跚地回家。

一个社会要埋没伟大，通常有三个程序：

第一程序，让伟大遭嫉、蒙污、受罪；

第二程序，在长久的良莠颠倒中，使民众丧失对伟大的感受，不知伟大之伟大；

第三程序，让伟大者本身也麻木了，不知伟大与自己有关。

其中至关重要的，当然是第三程序，因为这是埋没伟大的最后一关。过了这一关，伟大的乞丐将成为一个真正的乞丐，伟大的闲汉将成为一个地道的闲汉，他们心中已不会再起半丝波澜。

什么是平庸的时代？那就是让一切伟大失去自我记忆的时代。

这时，千万不能让伟大的他们清醒。一旦醒来，哪怕是一点点，就会刹那间掀起全部记忆系统，就会面临崩溃的悬崖。他们会强烈地羞愧自己当下的丑陋，却又不知道怎么办。

伦勃朗成了画室里脱光衣服的模特，这情景，比莎士比亚成了剧场门口的扫地工更让人揪心，因为伦勃朗还露着密集的胸毛，还面对着自己亲自教过的学生，还看到了学生的画稿！

我认为，这是人类文明最痛切的象征。

是象征，就具有普遍性。其实，随便转身，我们就能看到这种得意扬扬的学生。说穿了，社会的多数成员，都是这样的人。

伦勃朗的狼狈相，很多杰出人物都有过，因此也可以说是他们的集体造型。

毁　灭

是梅里美吧，还是与他同时的一个欧洲流浪作家，记不清了，在旅行笔记里留下一段经历。

总是瘦马、披风，总是在黄昏时分到达一个村庄，总是问了三家农舍后到第四家才勉强同意留宿。吃了一顿以马铃薯为主的晚餐后刚刚躺下，就听到村子里奇怪的声音不断。

似乎有人用竹竿从墙外打落一家院子里的果子，农妇在喝阻。又有人爬窗行窃被抓，居然与主人在对骂。安静了片刻，又听到急切的脚步声，一个在逃，一个在追……

令流浪作家感到惊讶的是，始终没有一家推门出来，帮助受害者抓贼。因为在他听来，那些窃贼并非什么外来大盗，而只是一些本地小流氓。

他长时间地竖着耳朵，想听到一点点除了盗窃者和被窃者之外的声音，哪怕是几声咳嗽也好。但是，全村一片寂静。

他终于想自己出门，做点什么。但刚要推门却被一个手掌按住，壮实的房东轻声地说："你不要害我。你一出去，明天他们就来偷我家的了！"

三年后，流浪作家又一次路过这个村庄。仍然是瘦马、披风，仍然是黄昏、农舍。但他很快就发现，所有农舍的门都开着，里边空空荡荡。

他疾步行走，想找个什么人问问，但走了两圈杳无人影。他害怕了，牵着瘦马快速离开，投入暮色中的荒原。

村庄废弃了，或者说毁灭了。

我也算是一个走遍世界的资深旅行者，因此可以代表一切旅行者表述一个感想：任何地方的兴衰玄机，早被我们看在眼里了。不必调查，不必久留，只需几天，甚至一晚，就有某种预感。

玄机的关键，看起来非常琐碎，对一些小小的劣行，是阻止还是听任？对一些明显的是非，是发声还是听任？

当麻木变成习惯时，必然惹人生厌。惹人生厌的村庄，即使还有门窗，也已经毁灭。

全城狂欢

我在托莱多（Toledo）的一所老屋里读到过一些档案。陈旧的纸页记录了一个可怕的事实：仅仅一座城市，在中世纪曾经有十多万人以“异教徒”的罪名被处决。定罪的全部根据，是告密、揭发、诬陷、起哄。

执行死刑那天，全城狂欢。揭发者和告密者戴着面套，作为英雄走在游行队伍的最前面。批判者也就是起哄者，他们不戴面套，道貌岸然地紧随其后。再后面是即将处死的被害者，全城百姓笑闹着向他们丢掷石块和垃圾。

这是曾经出现过希腊文明和罗马文明的欧洲吗？实证意识、人道精神、同情心理，一丝无存。甚至，那些兴奋不已的民众连下次会不会轮到自己的担忧，也一点看不出来。

因此，告密、揭发、诬陷、起哄，成了多数人的主流职业。把一个疑点扩大成滔天大罪的程序，也操作得非常娴熟。把邻居亲族告发成天生魔鬼的步骤，已演练得不动声色。除了虐杀，就是狂欢；除了狂欢，就是虐杀，几乎成了当时全民的共同心理法则。

我在翻阅那些欧洲档案时，对一个现象深感纳闷：为什么把狂欢和虐杀当作同一回事的，是整个城市的全体市民？

答案是：他们先把受害者判定为魔鬼，然后就产生了“驱魔亢奋”，而“驱魔亢奋”的主要特点是“以魔驱魔”，结果就让自己变成了魔鬼。变成了魔鬼还顶着堂皇的名义，因此一直亢奋，而且是群体性亢奋。

要阻断这种群体性亢奋，唯一的方法是让他们认识，自己既不是上帝，也不是魔鬼，而是人。同样，被他们虐杀的对象，也不是魔鬼，是人。于是，文艺复兴运动要做的第一件事，是让大家直接面对一个个活生生的人，一个个非常美好的男人和女人。请看那些雕塑，那些绘画。

由此，中世纪结束了，欧洲进入了新时代。

然而遗憾的是，中世纪的思维模式还常常死灰复燃。从德国纳粹到中国“文革”，都是这样。把被害者说成魔鬼，然后无情虐杀，全民狂欢。

走出档案馆时我想，以崇高的名义激发起任何一种迫害性的全民狂欢，一定是一种灾难。而且，我敢预言，人类的末日，极有可能也在这种全民狂欢中。

必须永远记得，大家都是人，包括一时似乎是敌人的人。

必须永远记得，对于一切顶着堂皇名义的“驱魔亢奋”，都需要警惕。

棍　棒

在长白山的林间小屋前，我看到过几根猎户遗下的棍棒。

棍棒不粗也不长，可见它们在还没有汲取足够营养的时候就已经被拔擢、被砍伐。当时，它们曾经得意地环视了一下四周没有入选的小树木，十分自傲。

它们终于成为又硬又滑的棍棒。在驱赶禽鸟、棰击万物的过程中，它们变得越来越骄横。

它们已经被使用得乌黑油亮，在“棍棒界”也算是前辈了。直到有一天，看到自己当年同龄的伙伴们早已长成了参天巨树，遮风蔽日，雄视群峰，它们才蓦然震惊，自惭形秽。

我不知道今天媒体网络间成千上万个年轻的“恶评家”，是否听懂了我的比喻，那就让我再说一遍——

树木有多种命运，最悲惨的是在尚未成材之前被拔离泥土，成了棍棒。

当它们还是鲜活树枝的时候，基本上不会对其他生命造成伤害。生命与生命之间，有一种无言的契约。

当它们开始成为伤害工具的时候，它们已经失去了自己生命的根基，成了凶器。这时的它们，既可恶，又可怜。

更可怜的是，它们再也回不去了。它们已经泛不起早年的绿色，回不去茂密的森林。

传媒间的很多“棍棒”，都以为自己还能回去。回到山，回到林，回到泥，回到地，回到文，回到学，回到诗，回到艺。回到他们天真无邪的学生时代，回到大学里如梦如幻的专业追求，回到曾经一再告诫他们永不作恶的慈母身边。但是，很抱歉，他们已经完全没有回去的希望。

为此我要劝告这些年轻人：还是下决心加入森林吧，不要受不住诱惑，早早地做了棍棒。如果已经做了棍棒，那还不如滚入火塘，成为燃料，也给这严寒的小屋添一分暖，添一分光。

跑　道

有一位已经去世的作家曾经说过，中国文化人只分两类：做事的人；不让别人做事的人。

不错，中国文化的跑道上，一直在进行着一场致命的追逐。做事的人在追逐事情，不做事情的人在追逐着做事的人。

这中间，最麻烦的是做事的人。如果在他们还没有追到事情的时候先被后边的人追到，那就什么也做不了了。

鉴于此，这些人事先订立了两条默契。第一条：放过眼前的事，拼力去追更远的事，使后面的人追不到，甚至望不到。这条默契，就叫“冲出射程之外”。然而，后面的人还会追来，因此产生了第二条默契：“继续快跑，使追逐者累倒。”

我想，这也是历来文明延续的跑道。

有人说，只需安心做事，不要有后顾之忧。

但是，没有后顾之忧的事情，做不大，做不新，做不好。

我们做事的时候如果完全没有后顾之忧，证明所做的事情没有撬动陈旧的价值系统，没有触及保守的既得利益，没有找到强大的突破目标。这样的事情，值得去做吗？

因此，重重的后顾之忧，密集的追杀脚步，恰恰是我们奔跑的意义所在。

不必阻断这样的赛跑。只希望周围的观众不要看错了两者的身份，更不要在前者倒下的时候，把你们对文化建设的企盼，交付给后面那个人。

请记住，不让别人做事的人，并不是自己想做事。万千事实证明，他们除了毁人，做不了别的任何事情。

蟋　蟀

一次小小的地震，把两个蟋蟀罐摔落在地，破了。几只蟋蟀惊慌失措地逃到草地上。

草地那么大，野草那么高，食物那么多，这该是多么自由的天地啊！但是，它们从小就被那批“斗蟋蟀”的人抓在罐子里，早就习惯于年年斗，月月斗，天天斗。除了互咬互斗，它们已经不知道为什么爬行，为什么进食，为什么活着。

于是，逃脱的喜悦很快就过去了，它们耐不住不再斗争的生活，都在苦苦地互相寻找。听到远处有响声，它们一阵兴奋；闻到近处有气味，它们屏息静候；看到茅草在颤动，它们缩身备跳；发现地上有爪痕，它们步步追踪……终于，它们先后都发现了同类，找到了对手，开辟了战场。

像在蟋蟀罐里一样，一次次争斗都有胜败。这一个地方的胜者丢下气息奄奄的败者，去寻找另一个地方的胜者。没有多少时日，逃出来的蟋蟀已全部壮烈牺牲。

它们的生命，结束得比在蟋蟀罐里还早。因为原先那罐子，既可以会聚对手，又可以分隔对手，而在外面的自由天地里，不再有任何分隔。在罐子里，还有逗弄蟋蟀的那根软软的长草，既可以引发双方斗志，也可以拨开殊死肉搏。而在这野外的茅草丛里，所有的长草都在摇旗呐喊。

世上所有的蹦跳搏斗，并不都是自由的象征。很大一部分，还在过着蟋蟀般的罐中日月、撕咬生平。而且，比罐中更加疯狂，更加来劲。

唉，中国文人。

送葬人数

对于谣言的问题，我一直最愤怒、最无奈、最悲观。

我说过，我家几代人，都被谣言严重伤害，甚至被谣言剥夺了生命。我叔叔和爸爸的死亡，都与谣言有关。我自己近二十年来遭受谣言的伤害，更是达到了匪夷所思的地步。直到今天，还有很多昔日的朋友相信着这些谣言，传播着这些谣言。我无力辩驳，也不想辩驳了。

因此我断言，中国人直到死亡，也摆脱不了谣言的伴随。

死亡？想到这一点，我突然记起多年前董乐山先生的一篇文章，与死亡有关，也与谣言有关。那篇文章，倒让我稍稍产生了一点乐观。

董先生的文章讲了一个造谣者的人生故事。

这个造谣者就是美国专栏作家瓦尔特·温契尔。在整整几十年间，他既在报纸写文章，又在电台做广播，成天揭发名人隐私，散布流言蜚语。他的读者和听众居然多达五千万，即三分之二美国成年人！

这真可以算得上一位造谣大师了。一派胡言乱语，一旦借助传媒，竟然会引起三分之二成年人的兴趣，这实在让人悲观。

但是，没想到，出现了“温契尔奇迹”。

五千万人听着他，却未必相信他；相信的，也未必喜欢他。

那年他去世，全美国来给他送葬的，只有一个人。

居然，只有一个人！

温契尔的晚境，可以拿来安慰很多遭受谣言伤害的人。受害者也许成天走投无路、要死要活，哪里知道，那个造谣者才惨呢。你想提着棍子去找他算账吗？他已经主动亡故，而且，丧葬之地极其冷清。

人死为大，我们不必去诅咒温契尔这个人了。但是，五千万人与一个人的悬殊对比，会让我们进一步领悟谣言的特征。

但我又有点沮丧了。如果这事发生在中国呢？在葬礼上，“言论领袖”、“城市良心”、“社会脊梁”的名号大概丢不掉的吧？随之，还有大量看热闹的人群……

当然，葬过之后，也会是一片冷清。

使谎言失重

世上的谎言，究竟有多少能破？

据我的生活经验，至多只有三成。在这三成中，又有两成是以新的谎言“破”了旧的谎言。

因此，真正有可能恢复真相的，只有一成。

有此一成，还需要种种条件。例如，正巧造谣者智商太低，正巧不利于谎言的人证、物证不小心暴露出来了，正巧遇到了一个善于分析又仗义执言的人，正巧赶上了某个“平反”时机……

“谎言不攻自破”的天真说法，虽然安慰了无数受屈的人，却更多地帮助了大量造谣的人。因为按照这个说法，没有“自破”的就不是谎言，造谣者高兴了。

谎言最强大的地方，不在它的内容，而在它所包含的“免碎结构”。那就是：被谎言攻击的那个人，虽然最知真相、最想辟谣，却失去了辟谣的身份。

因此，以谎言的剑戟伤人，完全可以不在乎受害者的直接抵抗。造谣者稍稍害怕的，是别人的质疑。但质疑是双向的，既质疑着谎言，又质疑着受害者。

因此，谎言即便把自己的能量降到最低，也总有一半人将信将疑。

总之，我们对于谎言基本上无能为力。剩下的，只有上、中、下三策。

下策：以自己的愤怒，让谎言趔趄；

中策：以自己的忍耐，等谎言褪色；

上策：以自己的重量，使谎言失重。

衰世受困于谎言，乱世离不开谎言，盛世不在乎谎言。

我们无法肯定今天处于何世，却有能力锻铸自己，使谎言失重。

小谈嫉妒

嫉妒的起点，是人们对自身脆弱的隐忧。

天下没有彻底的强者，也没彻底的弱者。人生在世，总是置身于强、弱的双重体验中。据我看，就多数人而言，弱势体验超过强势体验。即使是貌似强大的成功者，他们的强势体验也大多发生在办公室、会场、宴席和各种仪式中，而弱势体验则发生在曲终人散之后，个人独处之时，因此更关及生命深层。各路宾客都已离开，白天蜂拥在身边的追随者也都已回家，突然的寂寞带来无比的脆弱。脆弱引起对别人强势的敏感和防范，嫉妒便由此而生。

嫉妒者常常会把被嫉者批判得一无是处，而实质上，那是他们心底暗暗羡慕的对象。自己想做的事情，居然有人已经做了而且又做得那么好；自己想达到的目标，居然有人已经达到而且有目共睹，这就忍不住要口诛笔伐。

在多数情况下，嫉妒者的实际损失，比被嫉者更大。嫉妒使感受机制失灵，判断机制失调，审美机制颠倒，连好端端一个文化人也会因嫉妒而局部地成了聋子、傻子和哑巴。

例如从理智上说，嫉妒者也会知道某位被嫉者的美貌。但是，自从有一天警觉到对方的美貌对自己的负面意义，就开始搜寻贬低的可能。久而久之，嫉妒者对于对方的美貌已经从不愿感受，发展到不能感受。不能感受了，那便是自身心理系统生了大病。

同样的道理，一位诗人突然对别人的佳句失去了欣赏能力，一位音乐家在同行优美的乐曲中表情木讷，一位导演对着一部轰动世界的影片淡然一笑，一位美术教授在讲述两位成功画家时把头摇得像拨浪鼓一样……如果他们只是端架子、摆权威，内心方寸未乱，毛病还不算太重；如果他们确实已经因嫉妒而颠倒了美丑，封杀了感受，事情就可怕了，那等于是武林高手自废功夫，半条生命已经终结。

一切具有社会责任感的知识分子本应思考如何消除嫉妒，但是，我们中国的智者们却常常在规劝如何躲避嫉妒。直到今天，遭妒的一方常常说成是骄傲自大、忘乎所以，而嫉妒的一方则说成是群众反映、社会舆论。结果，遭妒者缩头藏脸，无地自容；而嫉妒者则义正词严，从者如云。

中国的社会观念，颠倒过许多是非，其中之一就在嫉妒的问题上。茫茫九州大地，永远有一个以嫉妒为法律的无形公堂在天天开庭。公堂由妒火照亮，嫉棍列阵。败诉的，总是那些高人一头、先走一步的人物。

下一代的嫉妒会是什么样的呢？无法预计。我只期望，即使作为人类的一种共同毛病，嫉妒也该正正经经地摆出一个模样来。像一位高贵勇士的蹙眉太息，而不是一群烂衣兵丁的深夜混斗；像两座雪峰的千年对峙，而不是像一束乱藤缠绕住了树干。

是的，嫉妒也可能高贵。高贵的嫉妒比之于卑下的嫉妒，最大的区别在于，是否在嫉妒背后还保留着仰望杰出的基本教养。嫉妒在任何层次上都是不幸的祸根，不应该留恋和赞美，但它确实有过大量并非蝇营狗苟的形态。

既然我们一时无法消灭嫉妒，那就让它留取比较堂皇的躯壳吧，使它即便在破碎时也能体现一点人类的尊严。

任何一种具体的嫉妒总会过去，而尊严，一旦丢失就很难找回。我并不赞成通过艰辛的道德克制来掩埋我们身上的种种毛病，而是主张带着种种真实的毛病，进入一个较高的人生境界。

在较高的人生境界上，彼此都有人类互爱的基石，都有社会进步的期盼，即便再激烈的嫉妒也能被最后的良知所化解。因此，说到底，对于像嫉妒这样的人类通病，也很难混杂了人品等级来讨论。

我们宁肯承受君子的嫉妒，而不愿面对小人的拥戴。人类多一点奥赛罗的咆哮、林黛玉的眼泪、周公瑾的长叹怕什么？怕只怕，那个辽阔的而又不知深浅的肮脏泥潭。

示　众

“文革”灾难中有一件小小的趣事，老在我的记忆中晃动。

那时学校由造反派执掌，实行军事化管理，每天清晨，全体师生必须出操。其实当时学校早已停课，出操之后什么事也没有了，大家都作鸟兽散。因此，出操是造反派体验掌权威仪的唯一机会。

这事很难对抗，因为有震耳欲聋的高音喇叭在催促，你如果不起床，也没法睡了。但是，还是有几个自称“逍遥派”的同学坚持不出操，任凭高音喇叭千呼万唤，依然蒙头睡觉。这实在有损于造反派领袖的脸面，于是他们宣布：明天早晨，把这几个人连床抬到操场上示众。

第二天果然照此办理。严冬清晨的操场上，呼呼啦啦的人群吃力地抬着几张高耸着被窝的床，出来“示众”了。

造反派们一阵喧笑，出操的师生们也忍俊不禁。然而，接下来的事情就麻烦了。

难道强迫这些“逍遥派”当众钻出被窝穿衣起床？可以想象，他们既然被人隆重地抬出来了，那么起床也一定端足架子，摆足排场，甚至还会居高临下地指点刚才抬床的同学，再做一点什么。如果这样做，他们也太有排场了，简直像老爷一样。

于是造反派领袖下令："就让他们这样躺着示众！"

但是，蒙头大睡算什么示众呢？这边是凛冽的寒风，那边是温暖的被窝，真让人羡慕死了。

造反派领袖似乎也觉得情景不对，只得再下一道命令："示众结束，抬回去！"那些温暖的被窝又乐颠颠地被抬回去了。

后来据抬床的同学抱怨，这些被抬进抬出的同学中，至少有两个，从头至尾都没有醒过。

由这件往事，我想起很多道理。

示众，只是发难者单方面的想法。如果被示众者没有这种感觉，那很可能是一种享受。

世间的攻击，可分直接伤害和名誉羞辱两种。对前者无可奈何，而对后者，那实在是一个相对的概念。一个人要实施对另一个人的名誉羞辱，需要依赖许多复杂条件。当这些条件未能全然控制时，就很难真正达到目的。

蒙头大睡，这实在是最好的抗拒，也是最好的休息。抗拒在休息中，休息在抗拒中。

而且，在外观上，这一面彻底安静，那一面吵吵嚷嚷，立即分出了品级的高低。

这就是为什么，许多常受围攻的人士始终名誉未倒，而那些尖刻的围攻者劳苦半辈子却未能为自己争来一点好名声。

让那些新老造反派站在寒风中慷慨激昂吧，我们自有温暖的被窝，乐得酣睡。

抬来抬去，抬进抬出，辛苦你们了。

——谨以这篇短文，献给至今仍然蒙受委屈和苦厄的朋友。

叶　子

对于世间友情的悲剧性期待，我想借散文作家楚楚的一段话来概括。楚楚应该是女性吧，她借着一片叶子的口气写道："真想为你好好活着，但我，疲惫已极。在我生命终结前，你没有抵达。只为最后看你一眼，我才飘落在这里。"

我不知道楚楚这里的"你"是否实有所指，我想借用这个"你"，来泛指友情。

这片叶子，在期盼中活着，在期盼中疲惫，又在期盼中飘落，似乎什么也没有等到。但是，天地间正因为有无数这样的叶子，才动人心魄。

相比之下，它们期盼的对象，却不重要了。

期盼，历来比期盼的对象重要。正如我多次说过的，思乡比家乡重要，山路比出口重要，旅人眼中的炊烟比灶膛里的柴火重要。

同样，人类对友情的期盼，是在体验着一种缥缈不定又游丝条条的生命哲学。而真正来到身边的"友情"，却是那么偶然。

但愿那个迟到了的家伙永不抵达。那就好让我们多听几遍已经飘落在地的窸窣，那些金黄色的呢喃。

正是这种窸窣和呢喃，使满山遍野未曾飘落的叶子，也开始领悟自己是谁，该做什么。

由此可知，诗意，来自永不抵达。怪不得，李白写下了天下第一思乡诗，却绝不还乡。

手　表

那时我十三岁，经常和同学们一起到上海的一个公园整理花草，每次都见到一对百岁夫妻。公园的阿姨告诉我们，这对夫妻没有子女，年轻时开过一家小小的手表店，后来就留下一盒瑞士手表养老。每隔几个月卖掉一块，作为生活费用。但他们万万没有想到，自己能活得那么老。

因此，我看到的这对老年夫妻，在与瑞士手表进行着一场奇怪的比赛。铮铮铮的手表声，究竟是对生命的许诺还是催促？我想，在万籁俱寂的深夜，这种声音是很难听得下去的。

我想，他们昏花的眼神在这声音中每一次对接，都会产生一种嘲弄时间和嘲弄自己的微笑。

他们本来每天到公园小餐厅用一次餐，点两条小黄鱼，这在贫困的年代很令人羡慕。但后来有一天，突然说只需一条了。阿姨悄悄对我们说：可能是剩下的瑞士手表已经不多。

我很想看看老人戴什么手表，但他们谁也没戴，紧挽着的手腕空空荡荡。

这对百岁夫妻，显然包含着某种象征意义，十三岁的我还很难读解，却把两位老人的形象记住了。

随着慢慢长大，会经常想起，但理解却一次次不同。

过了十年，想起他们，我暗暗一笑，自语道：生命，就是与时间赛跑。

过了三十年，想起他们，又暗暗一笑，自语道：千万不要看着计时器来养老。

过了五十年，想起他们，还是暗暗一笑，自语道：别担心，妻子就是我的手表。当然，我也是妻子的手表。

长　椅

我想复述三十多年前一篇小说的情节。

这篇小说当时是在一本“地下杂志”上刊登的，没有公开发表，我也是听来的，不知道作者是谁。但影响似乎不小，题目好像是《在公园的长椅上》。

写的是一个国民党人和一个共产党人的大半辈子争斗。两人都是情报人员，一九四九年之前，那个国民党人追缉那个共产党人，一次次差点得手，一次次巧妙逃遁。一九四九年之后，事情倒过来了，变成那个共产党人追缉那个国民党人，仍然是一次次差点得手，一次次巧妙逃遁，但毕竟棋高一着，国民党人进了共产党人的监狱。

谁知“文革”一来，全盘皆乱，那个共产党人被造反派打倒，与老对手关进了同一间牢房。

大半辈子的对手，相互尽知底细，连对方家境也如数家珍。他们能随口说出对方远房亲戚的姓名，互相熟知姻亲间难以启齿的隐私。天下怎么会有这样一个与自己心心相印的人呢？年年月月的监狱生活，使他们成了比兄弟还亲的好友。

“文革”结束，两人均获释放。政治结论和司法判决都不重要，重要的是，两人已经谁也离不开谁，天天在一个公园的长椅上闲坐。

更重要的是，这一对互相追缉了大半辈子的男人，都已经非常衰老。终于有一天，一位老人只能由孙儿扶着来公园了。另一位本来也已经感到了独行不便，看到对方带来了孙儿，第二天也就由孙女扶着来了。

双方的孙儿、孙女正当年华，趁着祖父们谈话，便在附近一个亭子中闲聊开了。他们说得很投机，坐得越来越近。两位祖父抬头看去，不禁都在心中暗笑："我们用漫长的半辈子才坐到了一起，他们用短短的半小时就走完了全部路程。"

——这篇小说的毛病，是过于刻意和纤巧。难得的是，用一个简单的象征意象，提供了一种以人生为归结的思维，把狞厉的历史安顿了。

不错，历史不能永远那么流荡、那么张扬、那么逆反，而必须获得安顿，安顿在人性的美学意象中。

公园长椅上的两位白发老人和近旁亭子里的青年男女，这就是足以安顿人生和历史的美学意象，包括周围的繁花落叶、风声云影。人们总是期待着种种档案结论、史学评定、纪念文字、庆祝仪式，其实，这一切都比不上公园里的这两对造型。

跋涉废墟

身为现代人，可以沉溺尘污，可以闯荡商市，可以徘徊官场；高雅一点，也可以徜徉书林，搜集古董，游览名胜。而我最心仪的，则是跋涉废墟。

跋涉废墟，不是一批特殊人物的专职，而应该成为一切文明人的必要修炼。

只有跋涉废墟才能明白，我们的前辈有过惊人的成就，又有过惊人的沦落。我们的生命从废墟中走出，因此，既不会自卑，也不会自傲。我们已经熟悉了夕阳下的残柱，荒草间的断碑，因此，不能不对厚厚的典籍投去深深的疑惑。

我读过很多历史书。但是，我心中历史的最重要篇章，没有纸页，没有年代，没有故事，只有对一个个傍晚废墟的记忆。

我诅咒废墟，我又寄情废墟。

废墟吞没了我的企盼，我的向往。片片瓦砾散落在荒草之间，断残的石柱在夕阳下站立。书中的记载，童年的幻想，全在废墟中陨灭。千年的辉煌碎在脚下，祖先的长叹弥漫耳际。夜临了，什么没有见过的明月苦笑一下，躲进云层，投给废墟一片阴影，暂且遮住了历史的凋零。

但是，换一种眼光看，废墟未必总是给人们带来悲哀。在很多情况下，废墟也可能是诀别，是选择。时间的力量，理应在大地上留下进步的指向；岁月的巨轮，理应在车道间碾碎前行的障碍。

废墟是课本，让我们把一门地理读成历史；废墟是过程，让人生把全部终点当作起点。营造之初就知道今天的瓦砾，因此废墟是归宿；更新的营造在这里谋划，因此废墟是出发。废墟，是进化的长链。

废墟表现出固执，活像一个残疾了的悲剧英雄。废墟昭示着沧桑，埋下了一个民族蹒跚的脚步。废墟是垂死老人发出的指令，话语极少，气氛极重，使你不能不动容。

废墟有一种苍凉的形式美，把拔离大地的美转化为归附大地的美。再过多少年，它或许还会化为泥土，完全融入大地。将融未融的阶段，便是废墟。

大地母亲微笑着怂恿过儿子们的创造，又颤抖着收纳了这种创造。母亲怕儿子们过于劳累，怕世界过于拥塞。看到过秋天的飘飘黄叶吗？母亲怕它们冷，收入了宽大的怀抱。

没有黄叶就没有秋天，废墟就是建筑的黄叶。

只有在现代的热闹中，废墟的宁静才有力度；只有在现代的沉思中，废墟的存在才上升为哲学。

因此，古代的废墟，也可以看成是一种跨越时空的现代构建。

现代，不仅仅是一截时间。现代是宽容，现代是气度，现代是辽阔，现代是浩瀚。

我们，挟带着废墟走向现代。

然而，我们现在似乎发现了越来越多更惊人的废墟，一次次颠覆着传统的历史观念。

例如，考古学家在非洲加蓬的一个铀矿废墟中，发现了一个二十亿年前的“核反应堆”，而且证明它运转的时间延续了五十万年之久。既然有了这个发现，那么，美国考古学家在砂岩和化石上发现两亿年前人类的脚印就不奇怪了。对于巴格达古墓中发现的两千年前的化学电池，更不必惊讶……

这样的废墟，不能不让我们对自己的生存理由也产生了怀疑。

不错，正如前面所说，废墟是课本。但是，这显然是永远也读不完的课本。我们才读几页，自己也成了废墟，成了课本，递交给后人。

后人能读出什么呢？那就不是我们该问的了。

这么一想，我们禁不住笑了。

废墟，让我们爽朗。

远行的人

除了少数例外，正常意义上的远行者总是人世间比较优秀的群落。

他们如果没有特别健康的心志和体魄，怎么能够脱离早已调适了的生命温室，去领受漫长而陌生的时空折磨?

天天都可能遭遇意外，时时都需要面对未知，许多难题超越了精神贮备，大量考验关乎生死安危。在这种情况下，除了人格支撑之外，无处可以求援。

据我自己的经验，几乎没有遇见过一个现代远行者是偏激、固执、阴郁、好斗的。

反之，我经常看到，那些满口道义、鄙视世情的文人如果参加某种集体旅行，大多狼狈不堪，就连谁搬行李、谁先用餐、谁该付款等琐碎问题也无法过关，因此，总是众人侧目，同室翻脸，不欢而散。流浪，一个深为他们耻笑的词语，却又谈何容易!

有人习惯于把生命局促于互窥互监、互猜互损；有人则习惯于把生命释放于大地长天、远山沧海。

那个拒绝出行、拒绝陌生、拒绝历险的群落，必然越来越走向保守、僵硬、冷漠、自私。

相反，那些踏遍千山的脚步，那些看尽万象的眼睛，必定会成为冷漠社会中一股窜动的暖流，构成一种宏观的公平。

旅行，成了克服现代社会自闭症的一条命脉。

那么，我可以公布旅行的秘密了——

让孤独者获得辽阔的空间，让忧郁者知道无限的道路；让年轻人向世间做一次艰辛的报到，让老年人向大地做一次隆重的告别；让文化在脚步间交融，让对峙在互访间和解；让深山美景不再独自迟暮，让书斋玄思不再自欺欺人；让荒草断碑再度激活文明，让古庙梵钟重新启迪凡心……

那么，走吧。

世纪日记

今天是二十世纪的最后一天，我在尼泊尔。

我是昨天晚上到达的。天已经很冷，这家旅馆有木炭烧的火炉。我在火炉边又点上了一支蜡烛，一下子回到了没有年代的古老冬天。实在太累，我一口吹熄了蜡烛入睡，也就一口吹熄了一个世纪。

整整十年前，我还是全中国最年轻的高校校长，却在上上下下的一片惊讶中，辞职远行。我辞职的理由，当时谁也听不懂，说是“要去寻找千年前的脚步”，因此辞了二十几次都没有成功。但终于，甘肃高原出现了一个穿着灰色薄棉衣的孤独步行者。

当时交通极其落后，这个孤独步行者浑身泥沙，极度疲惫，方圆百十里见不到第二个人影。

几年后，有几本书受到海内外华文读者的热烈关注。这几本书告诉大家，千年前的脚步找到了。但是这脚步不属于哪几个人，而是属于一种文化，因此可以叫“文化苦旅”。

但是，我和我的读者，真的已经理解了这些脚步、这些苦旅吗？疑惑越来越深。我知道，必须进行一场超越时空的大规模对比，才能真正认识中国数千年的文化苦旅。

然而谁都知道，那些足以与中华文化构成对比的伟大路途，现在大半都笼罩在恐怖主义的阴云之下。在我之前，世界上还没有一个人文学者，敢于全部穿越。

我敢吗？如果敢，能活着回来吗？

妻子知道拉不住我，却又非常担心，尽量陪在我身边。要进入两伊战争战场的时候，她未被准许，于是在约旦沙漠，有了一次生死诀别。我们两人都故作镇静，但心里想的是同一句话：但愿这辈子还能见面。

今天一早醒来，我感到屋子里有一种奇特的光亮。光亮来自一个小小的木窗，我在床上就能看到窗口，一眼就惊呆了。一道从未见过的宏伟山脉，正在窗外。清晨的阳光照着高耸入云的山壁，无比寒冷又无比灿烂。

我赶紧穿衣来到屋外，一点不错，喜马拉雅！

我知道，喜马拉雅背后，就是我的父母之邦。今天，我终于活着回来了。现在只想对喜马拉雅山说一句话：对于你背后的中华文化，我在远离她的地方才读懂了她。

“在远离她的地方才读懂了她”，这句话，包含着深深的自责。就像一个不懂事的儿子有一天看着母亲疲惫的背影，突然产生了巨大的愧疚。

是的，我们一直偎依着她，吮吸着她，却又埋怨着她，轻视着她。她好不容易避过很多岔道走出了一条路，我们却常常指责她，为什么不走别的路。她好不容易在几千年的兵荒马乱中保住了一份家业，我们却在嘟囔，保住这些干什么。我们一会儿嫌她皱纹太多，一会儿嫌她脸色不好，一会儿嫌她缺少风度……

她在我们这些后辈眼中，好像处处不是。但这次，离开她走了几万公里，看遍了那些与她同龄的显赫文明所留下的一个个破败的墓地，以及墓地边的一片片荒丘，一片片战壕，我终于吃惊，终于明白，终于懊恼。

我们生得太晚，没有在她最劳累的时候，为她捶捶背、揉揉腰。但毕竟还来得及，新世纪刚刚来临，今天，我总算及时赶到。

前些日子，在恒河岸边我遇到一位特地来“半路拦截采访”的国际传媒专家。他建议我，回国稍事休息后就应该立即投入另一项环球行程，那就是巡回演讲。演讲的内容，是长寿的中华文化对于古代世界和今天世界的深深叹息，可以叫“千年一叹”。

但是，我内心的想法与这位国际传媒专家稍有不同。巡回演讲是可以进行的，但千万不要变成对中华文化的炫耀。我们过去对中华文化的种种抱怨，并不仅仅是出于“不孝”。中华文化确实也存在一大堆根子上的毛病，在近代国际大变革的时代，又没有赶上。因此，自大、保守、专制、吹嘘、恶斗、诬陷、欺诈、优汰劣胜，成了积年沉疴，难以拔除。若想治疗，必须在国际性的对比中做出一系列“医学判断”。否则，寿而不仁，世之祸也。

因此，我决定再度花费漫长的时间，系统地考察欧洲文化。

哪一个国家、哪一座城市都不能放过，轻轻地走，细细地看。仍然是对比，但主要是为了对比出中华文化的严重弊端。这种对比，在目前死灰复燃的民族主义狂热中，必然会承担一定风险。但是，我既然已经开步行走，眼前也就没有任何障碍能够成为我前进的疆界。这就是我自己创造的四字铭言，叫“行者无疆”。

我想，只有把吐露出中华文化光明面的“千年一叹”和映照出中华文化阴暗面的“行者无疆”加在一起，才是“文化苦旅”的完整版、加深版。

这两件事，都非常紧迫。我要快快回国，又快快离开。永远在陌生的天地中赶路，是我的宿命。

那么，喜马拉雅，谢谢你，请为我让出一条道。

1999年12月31日

自大为羞

三十几年前，我还没有动手写散文，学术影响主要集中在专业圈里。有一次，中国戏剧家协会代表团到国外访问，把我的四部学术著作《世界戏剧学》、《中国戏剧史》、《艺术创造学》、《观众心理学》作为“专业礼品”，赠送给外国的对应机构。这事被传媒报道了，很快就有一位著名评论者据此发表文章，说我是“一个具有巨大国际影响的戏剧学家”。

我立即给这位评论者写了一封公开信，说：

感谢你的美言，但你让我受窘了。我的这四部学术著作，都没有翻译成外文，我相信没有一个外国同行会去翻动一页。而且，那些国家的“戏剧家协会”，都是规模很小的民间团体，自生自灭，未必有办公的地方。那几本书，不知塞到哪一个角落里了，估计是丢在某个剧场后台的废物堆里，这哪里说得上什么“国际影响”？

这样的事，让我受窘倒也罢了，就怕大家在国内胡吹“国际影响”，变成了文化自欺，把自己搞晕了。现在报道中经常出现的所谓中国的某某戏曲演出“轰动了伦敦”、“轰动了巴黎”之类，都不能信。那些骄傲的城市，哪能这样被轻易“轰动”？真到剧场一看，

绝大多数是同乡华人，而且是费了不少力气硬拉来的。

这封公开信发表后，影响不小。记得有两位从国外回来的经济学者还写了响应的文章。

我们的同胞，可能是受别人歧视的时间长了，因此特别容易说大话，来获得心理填补。这本来也情有可原，但如果变成了习惯，一定会在内内外外产生负面的效果，不仅受窘，而且蒙羞。

近年来，有些大话，已经把中国的某些特产说成是世界唯一，在语句上看没什么错，但在口气上就太奇怪了。例如——

中国的糟香螺，世界的糟香螺。

这样的说法很容易产生有趣的诱导，以为全世界举行过几次“糟香螺大赛”，而这一种螺获得了公认的世界冠军，而且是几连冠，受到全世界的追捧。

顺着这种口气，大家可以依次说下去——

中国的罗罗腔，世界的罗罗腔。

中国的碎瓦村，世界的碎瓦村。

……

你如果把自己的名字也放入这种格式，转眼也成了疑似的“世界名人”。

暂且把这样的游戏搁下，我们来说点正经的“大话逻辑”。

“大话逻辑”的起点，是处处嫌小。因此，一定要突破小的框范，争取自己在大空间中的形象。如果到此为止，虽然已经离谱却还没有离得太远，但“大话逻辑”还没有完成，还必须进一步往前推，使大空间中的自己成为最高，成为唯一，让万众仰望、百方拜服。

他们有一种自信，觉得只要把话讲大、讲绝，别人自然会仰望、拜服。这种自信中，显然包含着对无数“别人”的严重误判。其实，大话对“别人”产生的效应，并不是仰望和拜服，而是不屑和嘲笑，有时还会刺激他们中某些人的“大话潜意识”，大家都开始大话滔滔。这一来，大话对大话，谁也大不了。

在这里，我又联想起了一件与自己有关的事。

很多年前，我去考察都江堰，在青城山的一个半山道观，被邀请题字。我举笔想了一想，就写了这么两句——

拜水都江堰，

问道青城山。

没想到这两句话后来流传很广，成了当地的一个通行标语。

当地文化界朋友觉得，既然这两句话反响如此之好，那就不妨往前再推进一步。于是他们做了这样的修改：

都江堰灌溉全国，

青城山道传天下。

这一来，大是大了，但恐怕是欺负到“别人”了。

第一，都江堰确实具有全国意义，但如果说它“灌溉全国”，那把长江、黄河、黑龙江、珠江放在哪里？

第二，青城山在道教中影响不小，但道教门派繁多，如果说它“道传天下”，其他那么多山怎么会同意？

相反，我写的那两句，格局就非常小。连主语也没有，但一看就明白，主语是一个书生，既虔诚地“拜水”，又虚心地“问道”，把自己放到了山水之下最卑微的地位。结果，人人都愿意成为这样的书生，这两句反而受到欢迎。

后来，四川发生了汶川大地震，都江堰是重灾区，人们在一片废墟中更明白了，人类不能说大话，而应该在自然山水面前更谦虚地“拜水”和“问道”。于是，大灾过后，当地民众要我重新书写这两句话，他们镌刻成了两方石碑，分别立在都江堰的两个特殊地点。

可见，小格局，低姿态，反而更经得起时间的折腾。

大话的危害，不仅让讲述者失信，而且也让大话所称颂的文化蒙污。一切被大话所装饰的文化，总让人疑窦丛生，产生厌烦，这又验证老子所说的“物极必反”原理了。

我几十年都在国内外讲述中华文化，深深体验过其间的甘苦得失，因此不能不留下四字告诫：“自大为羞”。

第三部分

文史寻魂

文化是一条大河

有一种文化，把苍老和蹒跚当作风雅。

有一种文化，让青春和未来牵引当下。

有一种文化，鬃沐祖宅显摆身价。

有一种文化，昂首旷野骑着快马。

我的文化，永远在路上，永远有步伐。

我的文化，永远在告别，永远在出发。

文化是一条大河，却不是河边的枯藤、老树、昏鸦。

枯藤枯于何时？不知道，但它确实枯了。枯了还不让消停，实在委屈了它。

老树似乎还活着，大家吵吵嚷嚷，总是要它来见证岁月，但它绝不说话。

昏鸦是指黄昏之鸦，还是指昏迷之鸦？都可以吧，反正都让人心情不佳。

如果这些全是文化，那么，马致远说了，这种文化会让人断肠，不得不远走天涯。

我喜欢的文化是一条大河。喜欢它的千里奔腾，喜欢它的涛声喧哗。

文化的孤静品相

文化也有品相。世上存在大量热闹、亮丽的流行文化，似乎什么都有了，但又缺了一点什么。缺什么呢？就是缺了品相。

文化品相，是一种高尚而又艰难的等级之门。

文化的第一特殊品相，是孤静。

孤静的品相，让文化紧紧地收纳于生命主体，并且凭依着主体自享、自砺，结果，在独立的安静中升华到至高等级。

热闹的文化大多拥有强大的背景，但是这些文化连自己也非常惊讶：为什么造成了那么大的声势还不能被时间首肯？为什么聚集了那么多观众却总是找不到真正典雅的身影？

屈原、司马迁、陶渊明的安静自不必说，就连意气昂扬的李白一写诗，也立即变成了孤帆远影。最热闹的苏东坡被后代记得，全都在于他逃脱热闹之后，执笔于苦风凄雨、荒夜残灯。

我所熟知的欧洲艺术家就更安静了，那些碎石的小巷，那些破旧的披风，那些墓地的脚印。即便是听起来特别热门的音乐，也创作于天荒地老般的心灵大安静。

我非常期盼中国文化人能过上安适裕如的生活，也不反对其中有一些为了名利去参加一些煊赫的节目并被民众追捧。但这些文化人如果还保持着一些清醒的思维，那也会在私下明白，这些活动都在文化品级之外。

无论时代发达到何种程度，传媒开发出何种奇迹，文化还必须保留更高的层次，思考人类的走向、生命的方位、存在的意义，并用一个个醒目的形式表现出来。毫无疑问，这一切，基本不会出现在群体热闹之中，仍然离不开一些寂寞而又伟大的灵魂。

人类如果真要灭亡，那么，最大的悲哀是灭亡之前的喧闹。这时，应该还有几双平静的眼睛，一些镇静的声音，那就是最后一批文化人。

文化的陌生品相

文化的第二特殊品相，是陌生。

我们一直把文化看作是传承，这也不错，但必须明白，文化的本性是创新。

唯有创新，才有活力，才能前行，才是生命。

但是，创新的关键成分，一定是前所未有，一定是除旧布新。因此，基本形态是陌生。

接受陌生，欣赏陌生，拥抱陌生，这是文化创新时代的主要特征。

人们一定误会了唐代，以为在唐诗最繁荣的年月，大家都在背诵一些熟悉的诗句。其实正好相反，人们年年月月哄传的，都是最新的诗作，而最新一定陌生，陌生到惊人。这就有了杜甫的名言："语不惊人死不休"。老句、熟句，哪有惊人可言？

在人类历史上，任何一个文化黄金时代都是这样，大衢深巷都在为惊人的新作而兴奋，兴奋在"昨天还不敢想象"的陌生之中。

真正的创造者，襟怀一定空灵。如果里边已经塞满了东西，哪里还容得下陌生？

相反，每一个文化的停滞时代、倒退时代、泥淖时代，却会把早年记忆当作“经典”，天天磨碾，不得消停。其实在那样的时代也有年轻而优秀的创造者，可惜他们从名字到作品都让人感到陌生。他们只会给伟大时代带来欣喜，却不得不荒芜在荒芜的日月，冷寂在冷寂的年份。这些无可限量的天才，在那些平庸“经典”的喧腾中成了社会的陌路人。

文化的接受，是生命周期的象征。一个人如果正当盛年，一定乐于选择未曾走过的路线，去寻找陌生的风景。相反，如果早入暮年，或未老先衰，则一定不再探寻，不再好奇，只愿在陈旧的记忆里天天翻拣。在审美周期上，他们已进入延命时期、弥留时期。

麻烦的是，在文化接受上，衰老的一切往往会倚老卖老，摆足架势，把满脸的皱纹当作大地的经纬，把缺少文化的磕磕巴巴当作传世之言。

敢于这样，也有背景。因为历朝统治者都不放心陌生，所以总是把全社会的文化接受，维系在衰老的生命周期上，为衰老涂脂抹粉。

那么，我们的结论就很简单了：如果要一个社会、一个时代的文化真正迈进，那就一定要呼唤青春，呼唤突破，呼唤创新，呼唤陌生。

正因为陌生关及文化的生命，所以它也就成了判别文化素质的重要品相。

文化的天问品相

文化的第三特殊品相，是天问。

文化在内容上，可分以下四个等级——

初级，传达常识常理，相当于小学课程；

中级，传达基本命题，包含着颇多思考成分，相当于中学课程；

高级，揭示世间难题，包含着很多未知部分，相当于大学课程；

超级，探询至今未解，也许永远无解的哲学边界，关及人类生存，属于思考者的自设课程。

文化当然要承担启蒙的责任，因此少不了初级课程。但是，迟早会进入思考层次，因此也就必然地升级到中级、高级的课程。这种升级，是文化成熟的标志。

一旦进入较高的课程，文化就必须面对大量困惑和未知。文化正是凭着这种处于明白与不明白之间、已知和未知之间、小惑和大惑之间的两难，显现出一种不得不彷徨的真诚。

只有少数人会进入超级境界，例如发出大量“天问”，立誓“上下求索”的屈原，例如在盛衰、真假的惊惧中，目睹了整体幻灭的曹雪芹。在欧洲也一样，没有一个高明的创作者会把世人已经明白的理念作为作品的主旨。莎士比亚、歌德、贝多芬的最重要创作都展现了神圣的未知，至今未曾有人提供答案，因此还要永远探寻。

但是，在我们周围，却有大量的文化人，绝不以未知为归。他们习惯于居高临下地宣布一个个“正确的结论”，把所有的读者当作了低年级的小学生，而自己，则成了无事不知、无理不明的走街巫士。他们不明白，事事困惑的文化人，远比事事皆知的文化人开阔和高明。

又想起了我曾经讲述过的罗素。作为二十世纪西方最重要的哲学家，他对苏联十月革命并不立即反对而抱有极大好奇，因此就赶去考察。苏联方面当然也非常重视，派了一批布尔什维克理论家陪着他在伏尔加河上边旅行边交谈。罗素惊讶地发现，这些理论家确信，他们已经掌握了人类发展的规律，国家前景的道路，社会生活的奥秘，就连文化问题的方方面面，他们也了然于心。他们现在只是还来不及，向全世界指明前景。他们在船上日日夜夜教导着罗素，早已忘记眼前这个“被教导者”是什么人。罗素觉得，这些装满一肚子“真理”而毫无困惑的理论家，有一种令人恐怖的自我陶醉。由此，他对布尔什维克失去了信任。

看到罗素的这番回忆，我们都笑了，因为这样的理论家经常与我们相邻。罗素只是在一艘船、一条河上痛苦着，但是在很多情况下，这艘船可以变得很大，这条河可以变得很长。

我们的结论很简单，只要是大文化人，一定会在心中贮藏着大量“天问”，因此会在疑惑重重中表现出一种忧郁的诚恳，然后投入不息的探寻。

厌　倦

各种文化，都很难对付一种病毒。

这种病毒极易感染，又极难治疗。麻烦的是，很多人不知道它的危害，甚至不知道它的存在。

这种病毒的名号很普通，叫厌倦。

我在三十五年前写过一部学术著作《观众心理学》，至今还受到海外学术界的重视。这部著作的最后一章叫《心理厌倦》，可见我把心理厌倦放到了审美心理的归结性地位。不错，它，正是一切文化接受的生死命穴。

这书在海峡两岸出过很多版本，大家很容易找到，我也就不重复其中的学理了。只是深感这个问题至今仍然急待重视，不能不再发一点议论。

厌倦有一个听起来不错的起点，叫适应。

适应，是对外来刺激的逐渐接受。这种刺激，既可能是兴奋的，也可能是沮丧的；既可能是美好的，也可能是无奈的。逐渐接受了，也就是一步步适应了。

但是，必须注意，适应也是刺激效能的降低和钝化。因此，适应了当初的兴奋，也就是兴奋的降低和钝化。同样，适应了沮丧，也就慢慢地减弱了沮丧。

传播一种文化，是为了让人们适应这种文化。然而，即使人们在适应之初的心理感觉是完全正面的，也应该明白，只要适应了，这种正面的心理感觉也就降低而钝化了。初始的兴奋，不可能持续太久。

在接受者失去初始兴奋的情况下，如果传播者还误以为这种兴奋还保持着，继续以激发兴奋的方式在进行，那么，事情就会开始翻转。

以身边的小事为例，一个老奶奶喜欢向后辈讲述早年往事，但是，即便是非常尊敬她的后辈，听到第五遍，就会觉得已经听了几十遍，一定会用逗乐的方式阻止奶奶再讲下去。这种阻止，不是为了听讲者，是为了讲述者，也就是出于对奶奶的尊敬。

这是生活小事，如果提升等级，变成了一场演出，或一次演讲，情况就严重了。

一场不错的演出，如果不是出于艺术的故意设计，演着演着竟然出现了重复，哪怕只是一点点，观众就会立即感到编剧和导演在这里露了怯。只要是内行的演员，在这样的段落也会显得比较尴尬。

同样，一个成功的演讲者，讲着讲着绕出了差不多的意思和话语，听众就会投以同情的目光。其实，演讲者自己心里明白，这只是因为准备不足，在这个话题上出现了“局部失语”。“局部失语”的特征，不是停顿，而是重复。

问题的严重性在于，对于一场不错的演出，对于一次成功的演讲，人们总是以充满期待的心情进入的，为什么仅仅有一点重复，期待的心情就会大打折扣，甚至消失大半？

演员与演讲者的声调和形象，可能都很动人，为什么却抵挡不住因重复所产生的审美障碍？这个问题，关及观众心理学的基本哲理。

我有时会对一些喜欢讲话的企业家和官员产生好奇，他们怎么会如此习惯于重复却相信下属们不会厌倦？或者，相信财富和权力能赶走厌倦？

过度自恋，很容易陷入对自身言语套路的失控。我作为历届国际大专辩论赛的总评判，一再主张为那些特别喜欢演讲的人开设一门心理学课程："厌倦的警讯和灾变"。

需要提醒文化人的是，厌倦心理的产生，远比你们想象的更容易、更快速。

我在《观众心理学》一书中引用了狄德罗、雨果、迪伦马特、梅耶荷德等杰出艺术家克服观众心理厌倦的种种论述，又列举了中国戏曲以"折子戏"的拆解方式来对应观众厌倦的办法。但是，这一些纯属艺术技巧的范畴，并不适用在真实生活中。在真实生活中，一个艺术家如果在作品之外招摇过度、广告过甚，甚至为了"混一个脸熟"而参加各种活动，其实都是自毁之途。毁坏你们的，不是诽谤和攻击，而是人们的厌倦。

从数据看，你们可能还有不少追随者，但是应该明白，因厌倦而离开你们的人，可能更值得你们珍惜。

民众中永远有一批奇怪的人长期处于正常的心理机制之外，他们在群体哄闹中让自己的厌倦机制退化、麻痹、失能，结果也就遗弃了自己的精神健康。他们本身已经被更多精神健康者所厌倦，你们怎么可以用他们的“不厌倦”来安慰和刺激自己？

在历史上，用大量重复的咒语让人不知抵拒，那叫蛊惑。被蛊惑者处于被催眠一般的昏迷状态，变成了一群可以随意被搓捏的生命。这是人类应该提防的悲剧，而其中有一个小小的提防起点，那就是要求人们不可失去厌倦能力，并懂得一旦厌倦就要起身离开。

这种厌倦和离开，是在守护生命的尊严，守护世间万物不被磨损的魂魄。

人生也有很多不厌倦的对象，例如山河日月、至爱亲情，以及极少数与自己的生命高度契合的经典作品。但是，要护惜这些最珍罕的部位，更需要懂得对其他部位的厌倦、离开、放弃、驱逐。在这个意义上，厌倦也是一种防卫。

人类，在厌倦中清醒，在厌倦中洗涤，在厌倦中重生。

谁更懂诗

说到厌倦，让我联想起很多不可理解的事。一些本来为了赶走人间厌倦而出现的杰出创造，不知怎么一来，也常常被折腾得让人深深厌倦。其中最使我郁闷的，就是那一部部实在读不下去的文学史和艺术史。

我很想用一系列短文来谈谈中国文学史上那些特别美丽而动人的段落，原因是，这些段落在现代学理中大多被一堆堆空话、套话、大话等“非文学语言”淹没了。这种淹没，既对不起浩浩文学史，又对不起当代年轻人。

既然事情不小，那就着手吧。我要做的，是把文学还给文学。

中国从三千年前开始，就出现了一个有趣的问题：男性和女性，谁更懂诗？

“关关雎鸠，在河之洲。窈窕淑女，君子好逑”——这是男性的诗。这个男子坦言自己已到了“求之不得”、“辗转反侧”的地步。因为这种诚实、恳切，而获得了入诗的资格。但他又有点害怕别人嘲笑自己的这种状态，所以要声称自己是“君子”。

另一位男子比他老练，这可以从《诗经》里的那首《静女》看出来。“静女其姝，俟我于城隅。爱而不见，搔首踟蹰……”有点长，就不抄了，还是赶紧把我的翻译写出来吧——

又静又美的姑娘，等我在城角。
故意躲着不露面，使我慌了手脚。
又静又美的姑娘，送我一支红色洞箫。
洞箫闪着光亮，我爱这支洞箫。
她又送我一束牧场的荑草，
这就有点蹊跷。
其实，美的是人，而不是草。

显然，这位男子要幸运得多，已经不必“辗转反侧”。因为他所说的姑娘已经在玩“爱而不见”的游戏，已经在送洞箫和荑草了。洞箫是红色的，荑草是绿色的；洞箫是闪光的，荑草是蹊跷的……短短几句诗，已经把一场恋爱吟诵得有声有色，有姿有态。

看得出，写这首诗的男子有点得意，有点骄傲。

但是，如果他的“静女”也能写诗，那就麻烦了。因为用诗情表述爱情，女性大多会做得更好，包括前面那位“君子”口中的“淑女”在内。

证据太多，先举其一，就是《诗经》里的那首《子衿》。

完全是女子的口吻，女子的情怀，男子写不出来。大男子兼大诗人曹操一看，也心生敬佩，但他也只能抄两句放在自己的诗作里，不敢改写。

既然如此，我就把这一首抄全了吧——

青青子衿，悠悠我心。纵我不往，子宁不嗣音？

青青子佩，悠悠我思。纵我不往，子宁不来？

挑兮达兮，在城阙兮。一日不见，如三月兮。

把这首诗翻译成现代语文，我就比较来劲。请大家听一听——

青青的是你的衣领，悠悠的是我的心情。

纵然我没有去找你，你为什么不带来一点音讯？

青青的是你的玉带，悠悠的是我的期待。

纵然我没有去找你，你为什么也不过来？

走来走去，总在城阙。一日不见，如隔三月。

果然是好。一点也没有抒情，只是几个责怪式的提问，却把深情表露无遗。

更精彩的是，她不像上面那两位男子，只会用外在物件作为情感象征，一会儿是雎鸠，一会儿是彤管，一会儿是荑草。她全然不要，只是直接从她思念的男人身上找。她先找到的是衣领，后来又找到了玉带，为了保持质感，她又写出了衣领和玉带的颜色。

这真是高手了。一写衣领和玉带，立即就产生了贴身的体温，可以想见他们曾经有过的亲近。这就是用最矜持的方式，写出了最不矜持的亲密。雎鸠还在鸣叫，彤管还在吹响，但是，更好的诗却在这里，在青青的衣领和玉带之间，加上几个责怪的眼神。

女性更懂得诗，在《诗经》中最雄辩的证明，是那首很长的《氓》。

一个上了年纪的妻子，在控诉变了心的丈夫。这种悲剧，不管何时何地，都数不胜数。但是，这位两千七百多年前的妻子却控诉出了诗的境界，因为她不是从愤恨，而是从"可爱"开始的。

氓之蚩蚩，抱布贸丝。匪来贸丝，来即我谋。送子涉淇，至于顿丘。匪我愆期，子无良媒。将子无怒，秋以为期。

这是第一段。我把这一段翻译成现代口语，大家一听就知道非同凡响了。大概是这么个意思——

你这个小男人，那年笑嘻嘻地抱着一匹布到我家来换丝。其实哪里是换丝呀，明明是来求婚的。我把你送走了，送过了淇水，一直送到顿丘。不是我故意拖延，是你没有找好媒人。请你不要沮丧，我们约好秋天再见面，如何？

这个开头，写出了活生生的男女两方。"氓"，是指外来的平民男子，哧哧笑着，找了个借口，抱着一匹布，从远地找来了。由此可知，女方一定非常漂亮，名传远近。这一点，女子直到上了年纪还不好意思说。但当时的她，除了漂亮之外，又是既聪明又讲情义的，不仅一眼就看穿了男子的目的，而且还不辞辛劳地送了这个求爱者一段很长的路，涉过淇水，抵达顿丘。那么长的路，她一直在劝说，不是故意拖延，约好秋天为期。——这样一个女子，应该是美好婚姻的最佳缔造者。因此，后来所控诉的悲惨遭遇，几乎是“天理不容”了。

没想到，她还是很克制。在述说自己的不幸经历之前，她只想对未婚的女孩子劝说几句：“桑树未凋之时，多么鲜嫩，斑鸠鸟却不能贪嘴，多吃桑葚。姑娘们更要当心，不要太迷恋男人。男人陷入了迷恋还能脱身，女人陷入了迷恋就无法脱身。”

劝说之后，她立即接上一句：“桑树真的落叶了，枯黄凋零。”她不想多说，只提到，她不得不回娘家了。又要涉过淇水，河水溅湿了车帷。最后才叹了几句：“说好一起变老，老了却让我气恼。淇水有岸，沼泽有边，未嫁之时，你多么讨好。信誓旦旦，全都扔了。既然扔了，也就罢了。”

想得到吗？这些叹息、这些诗句，竟然来自两三千年之前！

按照历史学家的分期，那还是纷乱而又混沌的时代。所有的强权割据和刀兵格斗，都艰涩难解。但是，奇迹出现了，仅仅是一位乡间女子的悠悠诉说，穿越了一切，直接抵达今天。乍一听，好像来自本家的婶婶或姨妈，来自去年或前年。

也就是说，这番女子之叹，女子之诗，女子之心，女子之情，居然抹去了春秋战国秦汉魏晋隋唐宋元明清，抹去了全部历史过程，顷刻揉碎，彻底消融，全然包含。亚里士多德说，诗高于史。对此，中国学术文化界一直都拒绝接受，但凭着这首《氓》，只能接受了。

不错，诗高于史，诗贵于史，诗久于史。

这是因为，史更重事，事虽宏大而易逝；诗更重情，情虽寻常而延绵。或者说，史因刚而裂，诗因柔而寿。

一般说来，男性近史，女性近诗。

尽管“诗人”是男性多，但在人生气质上，诗更亲近女性。对此不必辩论，因为三千年前就是如此。后世的职业性挪移，有着太多外在的原因。

“诗人”未必懂诗。这就像，樵夫未必爱山，船工未必爱河。打开后窗对山而惊、见河而喜的，是另一些人。

为此我要提醒世间为数不少的诗人：写完诗，不要老是关上书房的门独自吟哦。你们家，一定还有真正懂诗的人。

奇怪的年轻人

我要说的，是两千三百多年前的一位古人。

且先把时间搁一搁，让我描述一个可以想象的情景——

这是一个高雅的会场，台上坐着一排德高望重的学者，一个个都在讲授着自己的学说。他们讲得很自信、很完整、很权威，有时候语气庄严，有时候循循善诱。台下的听众，都在恭敬聆听，时不时还在低头记录。

学者们辩论起来了。开始时还只是温文尔雅地互相表达一些不同意见，很快就针锋相对了，越辩越激烈。都是聪明人，彼此总能在第一时间觉察对方的逻辑漏洞，随之做出快速反驳。反驳的层次，越来越细；反驳的时间，越来越长。

辩论刚起时，听众们精神陡增。但是，越花脑筋的事情越容易疲倦，大家渐渐失去了耐心。只是出于礼貌，出于对辩论者年龄的尊重，还坐着听。但对于他们所讲的内容，已经很难听得进去。

终于，听众中有人起身，弯着腰离开会场。这很容易传染，不久，会场里的听众只剩下了一小半。

会场外面，是一个门厅。那里有一个角落，聚集着刚刚从会场出来的听众。原来，他们围住了一个奇怪的年轻人。

这个年轻人在自言自语，有时，又对着靠近他的几个人发问。问了又不等待回答，随即又出现了新的问题。

他在问——

“这么多学者坐在台上，这是确实的吗？他们是怎么过来的？是谁让他们坐到了一起？”

“他们每个人都讲了那么多话，自己相信吗？他们每个人都讲得很精彩，但天下需要那么多精彩吗？”

“按照年龄，他们都早已萎谢，那么，这究竟是他们在梦游，还是我们在做梦？”

“生死一定是真的吗？做梦一定是假的吗？如果这是一个梦中的会场，那究竟是在天上，还是在人间？”

“如果大家一起都在做梦，什么时候才能醒来？醒来，是不是另一个梦？”

……

听了这些问题，有人觉得这个年轻人不太正常，就回家了，但很多人却像被什么粘住了，全神贯注。过了一会儿，会场里出来的听众越来越多，都挤到了这个年轻人身边。里面的演讲和辩论，已经无法继续。

这样的情景，历史上频频发生。发生得最有气魄的，是在中国的诸子百家时代。

在诸子百家这个庞大的“会场”外，也坐着一个年轻人。他同样在门厅的一角自言自语，不断提问。

他，就是庄子。

他确实“年轻”，比孔子小一百八十多岁，比墨子小约一百岁，比孟子还小了几岁。

对于老人家们的学说，他都知道。但是，他不喜欢他们滔滔不绝地教诲世人的劲头。

他们好像把天下的什么道理都弄明白了，因此不断为不同的学问宣布一个个结论。众多的弟子和民众把他们当作无限的真理矿藏、永恒的百科全书。他们也觉得自己有责任来承担这样的功能，因此有问必答，有答必录，而成一家之言、一派之学。他们很早就构建了这种学术身份，随着年岁和名声的增长，都已巍然而立，定于一尊。

他们私底下是不是也有犹疑、模糊、困惑、两难的空间？但在明面上却没有暴露出来。生怕一旦暴露，他们作为真理代言人的身份就会动摇。广大弟子，更是否认他们的文化宗主还有什么问号隐藏在身上。

庄子与他们完全不一样。

他躲避官场，也躲避学界。

因为，他觉得自己不是解答疑问的人，而是扛着一大堆疑问。他是疑问的化身。

他也不相信老人家们能解答自己的疑问。因为自己的疑问太大，大到连老人家们的立足根基，都在疑问的范围之内。

因此，他只能不断地问天、问地、问自己。更多的是，当问题提出时，他就在世间万物中寻找可以比拟的对象，那就成了一个个寓言。

寓言不是答案，却把问题引向了更宏大、更缥缈的结构，用我们现在的话来说，引向了哲学和美学。但是这种哲学和美学，连小孩和老者都乐于接受。

这一来，怪事发生了。

大家渐渐发现，这个不断提问的人，在很多方面可能比那些不断宣讲的人还重要。因为他的问题一旦问出，就牵动了天地宇宙和人类的秘密，即使没有答案也深契内心。

大家还发现，这个不断提问而不急于找到答案的人，让人们渐渐习惯了那些找不到答案的问题。而且让人们懂得，一切真正的大问题都没有答案。有答案的问题，再大也大不到哪里去，那就交给那些老人家去讲解吧。

他的问题，触及了天地的源头，大小的相对，万物的条件，自由的依凭，生死的界限，真假的互视，至人的目标，逍遥的可能……

这些问题，会让那些老人家全都瞠目结舌。

事实上，直到今天，全人类思考等级最高的智者，也还纠缠在这些问题上。而且，因纠缠到了这些问题而深感幸福。

居然有人那么早就发现了这些问题！于是更多的人明白了：提问者，就是“开天辟地”者。至于解答，千百年来有多少人在做，不值得太多关注。

大家一定都注意到了，我在《中国文脉》中把庄子评为先秦诸子中文学品质最高的人，又在《修行三阶》中把他的哲学思想与老子的并列为道家至尊。

庄子取得了如此崇高的精神地位，但请不要忘了，他提问的神态，仍然像个孩子；他讲述寓言的口气，仍然像个孩子。只有孩子，才问得出这么大的问题，讲得出这么美的故事。

由此可见，他是大师气象和孩童气息的最佳结合体。他证明了一个怪异的道理：大师气象来自孩童气息。

我写这篇短文，说庄子，又意不在庄子。

意在何处？

我想到了无数教师和学生、无数会场和门厅、无数宣讲和提问、无数权威和稚嫩……

庄子提醒我们，首先要尊重自己心中的疑问。应该明白，我们心中的疑问，可能会比种种讲解更加珍贵。说不定，其中确实包含着“开天辟地”的功能。

对此，我想起了两件琐碎的往事。

第一件——

还在读初中的时候，物理老师给我们讲起了外星人的事。他判断着外星人几种可能的长相，设想着地球人该用什么语言去与他们沟通。

听老师讲完，我举手站起来提出了一个傻问题：“老师，您的判断，好像是以外国人来设想外星人。有没有可能，外星人早就来了，连这个教室里也有，只不过他们比灰尘还小，没有我们想象的那些动静？”

感谢物理老师，他没有嘲笑我，怔怔地听着，说：“有可能。”

一位同学一听，来劲了，也站起来说：“如果外星人比灰尘还小，那么有没有可能，我这么一跺脚，就毁灭一大批更小的地球？”

物理老师想了想，又说：“有可能。”

每次回忆到这事，我就想，当时我们两个小孩子提出的问题，确实未必比物理老师的讲述幼稚。

第二件——

很多年后，我担任了上海戏剧学院院长。有一次，一位年长的教师向我抱怨，他在课堂上详细分析了几部古典剧作的创作特色后，有一个调皮的学生完全不在乎讲课内容，只是问：“这几个剧本有没有演出过？演了几场？”居然有好几个学生响应。教师认为，这些捣蛋的问题，严重影响了他的教学进程。

看到这位教师的气愤表情，我安慰了几句。但一年之后，我就以此为例，开始向全院讲授“戏剧社会学”。支撑这门新兴课程的，是各地剧场演出时的观众数据。

这件事再次证明，能够真正推动思考的，是提问。其中，包括不太礼貌、不合时宜的提问。

说到这里，可以概括几句了。

不要总是关注讲台。请注意，那个刚刚离开会场的背影，或许更有分量。

不要总是仰望白发。请注意，那些稚气未褪的眼神里边，闪烁着更深的哲理。

不要总是等待结论。请注意，那些远离结论的无稽疑问，倒是触动了世界的秘密。

不要总是相信斩钉截铁、气势恢宏、神采飞扬。请注意，那些困惑、忧愁、无奈，才是人类最真诚的表情。

那么，谢谢庄子，谢谢这位古代的年轻人。

天下最大痴迷

痴迷，这是人类学里边一种难以理解的现象。

一群年轻人突然痴迷上了一个歌星，不仅在音乐厅里看到他出来时高声尖叫，而且还会在尖叫时昏倒在地；当这个歌星来到一座城市时，无数痴迷者长时间在车站、码头等待，流着眼泪呼喊着名字……

我知道，不少评论家会分析产生这种疯狂的原因，例如“被传染”、“被裹卷”、“青春活力盲目宣泄”、“新闻媒体过度炒作”等等。但是，这些分析，却无法解释大量具备同样年龄、同样条件、同样动力的群体，为什么并未陷入痴迷。痴迷，就像是没有理由的乌云凝聚，没有理由的鸟群振翅……

它产生的契机，就在于没有理由。

乌云凝聚后很快就会散去，鸟群振翅后很快就会消失，而那些陷入痴迷的年轻人，也很快就会转移痴迷对象，甚至不再痴迷……

有人说，因为没有理由，所以必然短暂。

是这样吗？未必。

即使是理性成熟的人群，也会没有理由地长久痴迷一个目标，甚至坚持终生。

例如，天下那么多美景，我妻子痴迷的，是铺天盖地的银杏树；我所痴迷的，是看不到边际的黄昏沙漠。

为什么是银杏和沙漠？没有理由。

也许会有人来分析，银杏的色彩光谱、存世岁月、生物组成，沙漠的弧形线条、地质构造、形成历史，说了千千万万，也无法说明痴迷的原因。

除了痴迷之外，还有灵感、直觉、天赋等精神现象，都不是科学所能清晰解释的。麻烦的是，这些科学不能解释的部位，恰恰是人类的要害所在。

只要是真正懂艺术的科学家也承认，人生许多“摄魂夺魄”的空间，恰恰是科学的盲区。

有人问爱因斯坦：“死亡，对您意味着什么？”

这位二十世纪最伟大的科学家回答道：“死亡，对我来说，是再也听不到莫扎特。”

就连爱因斯坦，也无法用科学公式来解析莫扎特的魅力，因此也无法解析自己痴迷莫扎特的理由。

绕了这么大的一个圈子，现在可以回到本题了。

我认为，世界上最大的文化痴迷，莫过于中国人对屈原的痴迷。

痴迷到什么程度？屈原离世的时间，是公元前二七八年五月，离我写这篇文章的时间，隔了二千二百九十六年。在这二千二百多年的历史中，这么大的中国，一直在不停地纪念他。

怎么纪念？并不是文人学士在研讨和缅怀，而是各个地方都在划龙舟，家家户户都在包粽子。

划龙舟的男人们汗流浃背，喊声阵阵。包粽子的女人们夜以继日，蒸汽漫漫。

这一切，不是为了一个神明，不是为了一个巫灵，不是为了一个皇帝，不是为了一个教主，而只是为了一位诗人！

无论如何，这肯定是全球唯一。

为什么会这样？

无数著作在讲述理由，无数学者在分析理由。

但是，所有的讲述和分析，都缺少说服力。

永久纪念的理由之一，是大家热爱他。然而，这种热爱非常奇怪，因为大家对他很不熟悉。他在流放期间，一直忧郁而孤独，虽然也参与过民间的一些祭神仪式，却不会与周围民众有实质性的交往。民众很难了解这位经常身披花环的被贬贵族。至于他的政治主张和被贬原因，连司马迁都说不明白，更不要说当时的民众了。

后来两千多年，各地民众对他越来越不熟悉。原因是，他写的楚辞，很难读懂。能够真正读懂《离骚》的人当然也有，却少之又少，基本上不会包括那些划龙舟的男人和包粽子的女人。

永久纪念的理由之二，据说是他爱国。直到抗日战争时期，他又转化为一个爱国主义的形象，产生了积极影响。但是，这显然是借题发挥。因为屈原曾经要守卫的，只是当时的楚国。楚国的敌国是秦国，而正是这个秦国最后统一了中国，因此也更能象征中国。这么一来，由屈原来表示“爱国主义”，总有一些勉强。而且，《离骚》最后表达的恰恰是他决心离开故土的志愿。

其实在当时，除了秦国，华夏版图上与楚国并列的，还有齐、燕、赵、韩、魏等地方邦国。这些邦国，都有自己的领土范围和“爱国之志”，而且与楚国关系并不好，甚至还严重敌对，怎么一下子全都放弃自己的历史记忆和地域记忆，一起来划龙舟、包粽子了？

可见，爱国，也不是全国各地纪念屈原的理由。

其实，世界不要那么多具体的理由。

对于古往今来一切奇特大事的发生，我倒是设想过一些最宏观的理由。

例如，我相信，天地宇宙由“大能量”和“大秩序”构成。如果没有“大能量”，宇宙如何诞生？人类如何出现？时间如何延伸？但是，“大能量”狂勃翻腾，躁动不已，必须由“大秩序”来安顿。一开始，安顿的主要方式是原始宗教、巫觋指引、自然崇拜。屈原投身汨罗江，其实与当地的水神崇拜仪式有关。人们知道，冥冥之中有一种天神之力、自然之力、巫觋之力安排了一切，大家都必须服从，必须虔诚，必须崇拜。人们因为接受安排，也就接受了“大秩序”。

由于需要安排的范围太大，因而自古以来这种安排有雅俗之分、文野之分、高低之分。安排以“屈原崇拜”来建立文化“大秩序”，是其中最雅、最文、最高的范例。

在这之后，还会相继安排司马迁、李白、苏东坡作为崇拜对象，来建立文化秩序。他们固然很值得崇拜，但崇拜的痴迷程度又难以理解。人们已经感受到了他们这些名字的“非人间性”、“非逻辑性”，因此总是把他们看作星座。

正像李白永远被称作“谪仙”一样，屈原则是第一个以文化身份下凡的“谪神”。据他自己在《九歌》里提示，他是一个溶化了云神、日神、河神、山神、湘水之神的诗神。是谁谪他下凡的？是那个名为“东皇太一”的天帝吗？不知道。

为什么一下凡而走遍全中国？不知道。

为什么一下凡而长驻两千年？不知道。

不管云神、日神、河神、山神、湘水之神各有什么意图，成为诗神的屈原却广受欢迎，永远获得隆重祭祀。正是这种祭祀，提升了整个民族的素质，焕发了漫长历史的诗情，留存了辽阔大地的高贵。

正是这种祭祀，这种在两千多年间各村各庄、各家各户热气腾腾的对一位诗神的祭祀，使我对这个民族和这种文化，产生了深深的皈依。

我一直想为无数划龙舟、包粽子的同胞做一件事，那就是把屈原最重要的作品《离骚》翻译成他们所能领悟的现代散文，在他们把船桨扛上肩膀之前的片刻，在她们包完粽子后刚刚擦了手的间歇，能够轻松畅达地读几段，听几句。

完成《离骚》今译已经几年了，当初的目的已经部分达到。每年端午节，不少青年学生都在朗诵所谓“余版《离骚》”，这让我颇感安慰。

我不知道屈原的在天之灵对于中国大地上这场覆盖巨大时空的祭祀活动，有何感慨。但他一定早已明白，请出他来，只是天地宇宙对于安顿精神秩序的一种安排。他和我们一样，都会高兴地接受这种安排。

两个地狱之门

漫长的阅读经历，已经使我有能力对中外历史上各种不可思议的事件保持平静，并用从容的笔调把它们写出来。但是，有一件事，我一直秘藏在心底，长久不敢去惊动。因为一惊动，我的身心必然会产生强烈震撼，很难消解。

但是，一直秘藏终究不是办法，我决定还是用最收敛的笔调，写一篇短文。

为什么这件事会让我的身心产生强烈震撼？

这与以下一些问题有关。

问：在中国运用文字以来的四千多年历史上，哪一个写作人的成就最为宏大？

答：司马迁。

问：他为什么能获得这个地位？

答：他的巨著《史记》，从精神理念到编写体制，被以后的全部断代史所沿用，因此他是中国历史思维的奠基者。同时，在文字表现上，他又是中国古代散文的第一支笔。我们每个人身上，都渗透着他的文化基因。

问：以单个生命体完成如此伟业，他一定是一个超常健全的人吧？

答：不，恰恰相反。当《史记》的写作还“草创未就之时”，由于在朝堂上为一位战败将军说了几句宽慰的话，触怒了汉武帝，被施行了“腐刑”，也就是阉割了男性的生理之本。这当然比死亡还要屈辱百倍，但他咬着牙齿活了下来，为了《史记》。

问：读者难于想象，这部皇皇巨著，居然在地狱里写成。在写成的那一天，他一定感慨万千吧？

答：当然感慨万千，但又无处可说，因为一开口就深感羞污。甚至也不能对家人说，因为阉割之祸使家门受辱，祖坟蒙污。难道这个天下最善于表达的人要把这么多难于启齿的话语全部憋在心底永不吐露，随着生命的消失而消失吗？没想到突然出现了一个机会，一位叫任安的友人，也被莫名其妙地判处了死刑，很快就要执行，司马迁就给他写了一封信，倾吐滔滔心声。他只想倾吐，又不想被世间的一切耳朵听到，因此只能倾吐给一个临死的人。我曾说，这是从一个地狱之门寄向另一个地狱之门的信。不管在什么情况下，这样的信永远让人惊心动魄。

问：司马迁写这封信的时候，《史记》刚刚完成？

答：对。两个地狱之间的信，牵连着一部天堂之书。

问：司马迁写完这封信，还活了多久？

答：不清楚，没有任何记载。一位最伟大的历史学家写完了那么多历史人物的生平，却没有把自己的生平写完，但也许是故意的。一般认为，他写了这封信后不久也死了。这封信，相当于绝命书。信稿留下来了，大家都能读到，叫《报任安书》。

——以上六番问答，大体说明了我每次产生强烈震撼的原因。

当极度的伟大和极度的卑污集中在一个小小的生命之中时，我们看到了生命的最高含量和最后边沿。

中国，居然是靠着这个不敢自称男子的男子，靠着他苍白的脸，萎弱的手，建立了全部历史尊严。

文化，居然是靠着他每天汗流浃背的无限孤独，攀上了前无古人、后无来者的摩天峰巅。

就在司马迁写给任安的这封信中，我们读到了几乎一切中国人都知道的那句话——

人固有一死，或重于泰山，或轻于鸿毛，用之所趋异也。

这句话，后人常常误读，以为不惜赴死就是重于泰山。其实，司马迁认为，死是容易的，但极有可能轻于鸿毛，甚至九牛一毛。最难的是，即便以最屈辱、最卑微的方式活着，也能够“究天人之际，通古今之变，成一家之言”，这就重于泰山了。

这也就是说：精神尊严，高于世俗尊严；人格尊严，高于生理尊严；历史尊严，高于即时尊严；宏观尊严，高于直观尊严。

我从青年时代开始，不断听到不少前辈文人的诚恳表述，说平生读到最感动的文章，就是这篇《报任安书》。我发现，凡是有这种表述的人，人品都很不错。从现代反推上去，可以判断这封写于两个地狱之间的信，对中国两千多年来的文化心态，做了何等程度的提醒和安抚。

前面说到，司马迁为自己指定的目标是“究天人之际，通古今之变，成一家之言”。长期以来，人们对这个目标的后面两点即“通古今之变，成一家之言”非常认同，我本人也为之写过很多文章，此处恕不重复；但是对第一点“究天人之际”，大家常常缺少深刻认识，以为是泛泛之言。

事实上，《史记》留下了大量天文学的资料，而且极具价值。例如，他在《天官书》中发现了月食的周期，并为五大行星裁定了统一的名称，总结了它们顺行、逆行和相对静止的时间规律，又指出行星在逆行时更加明亮。他描述了恒星的不同颜色和明亮度，观察了变星的隐显，还记录了彗星、大流星、陨石、极光、黄道光和新星的奇异天象。他的某些天文观察，早了欧洲一千多年，毫无疑问是古代东方第一流的天文学家。

除了天文学之外，《史记》还对地理、经济、财政、水利、礼制、音乐等学科的历史发展，进行了深入研究，展现了百科全书式的完整结构。由此想起，现在多数论述《史记》的著作，都要用“无韵之《离骚》”来做归纳，实在很不妥当。《离骚》是个人抒情之作，真不该拿来比附《史记》这样庞大的实体工程，因为这对《史记》和《离骚》都不公平。试想，如果把昆仑山脉说成是“无松之黄山”，是不是有点怪异？那好像是鲁迅在厦门大学课堂上的随口一说，生前也没有出版过，如果知道现在竟如此流行，他一定会感到尴尬。

不管怎么说，《史记》早已远远超越个人而成为全部中国文化的地标式构建。一个蒙受最大屈辱的伤残之人能靠一人之力完成这样的构建，证明在地狱之门背后，可以有无边无涯的精神天地。

现在我终于要转过身来，面对地狱的制造者了。

而且，不仅仅是司马迁的一座地狱，还包括任安的地狱和其他很多地狱。

他，就是汉武帝刘彻。

说起来，汉武帝算得上是中国古代所有帝王中的佼佼者。他强化封建专制，削弱地方割据，解除匈奴威胁，开辟丝绸之路，开发西南地区，确认儒学正统……终于建立起了空前强大的汉帝国。这一来，一个“汉”字重似千钧，“秦人”改称“汉人”，华夏民族统称为“汉族”。其功绩之大，足以彪炳千古。

然而，就在这种情况下，一架庞大的天平出现了。天平的一边，是无数的功绩、无限的权力、无边的体制、无量的赞誉；而天平的另一边，则是一个孤独的人。这架天平，怎么有可能平衡？

结果，天平剧烈晃荡。

汉武帝十六岁称帝，三十七岁时已经大致战胜匈奴，四十岁开始大兴土木建造宫殿，而到五十七岁，他下令阉割了司马迁，成了摧残中国伟大学者的地狱。杀害任安，则是八年后的事，汉武帝已经六十五岁了，离他去世还有四年。

照理，汉武帝脑子很清晰，应该听得明白那天司马迁表面上在为败将李陵说几句话，实际上是在宽慰盛怒中的自己。但他却无端地怀疑，司马迁有可能在影射与自己有亲属关系的另一位将军李广利，立即做出了匪夷所思的残忍判决。这是为什么？

答案是，长期的专制集权，使他产生了一系列不正常的超限度敏感，并由此转向多疑和暴怒。

乍一看，超敏、多疑、暴怒，好像是专制集权的强化，其实却泄露了深层次的脆弱和恐惧。试想在早期，同样是他，在派遣张骞，指挥卫青、霍去病的时代，怎么可能为一个文官的几句温和语言，而暴跳如雷？然而，当下的他，已经很不自信。他知道长年的穷兵黩武和好大喜功已经造成了“民力屈，财用竭”、“天下虚耗，人复相食”的局面，他知道在人们越来越响的称颂声中已经包含着越来越多的抱怨和疑问。由于是彻底集权，他又无法把这一切责任推给别人，因此只能恼羞成怒。

汉武帝下令阉割司马迁，其实是阉割了自己的政治气格。

至于杀害任安，则牵涉到汉武帝的另一个政治噩梦。

汉武帝像很多陷于衰势的集权者一样，越来越迷信方士神巫。他深信一种起自民间的“巫蛊”之术会左右朝廷政治，便任命江充全面追缉，严刑逼供，造成数万人冤死。江充已把矛头指向太子刘据，刘据不得不起兵反抗江充，但汉武帝站在江充一边，致使太子兵败自杀。

事过之后追究太子同党，汉武帝认定任安“持两端”、“有两心”，而判决“腰斩”。这就是我前面所说的任安的地狱。司马迁得知判决后，就写了这封《报任安书》。

但不久之后汉武帝就发现太子起兵只是被迫，便立即反过来灭了江充家族及其同党，并在太子去世的地方筑起“思子宫”，以示悼念。由此可知，这位政治强人晚年的心理变态，已到了什么地步。

终于，在逼死太子、腰斩任安、制造万人冤案的两年之后，公元前八十九年，汉武帝公开对群臣宣布：

朕即位以来，所为狂悖，使天下愁苦，不可追悔。自今事有伤害百姓，糜费天下者，悉罢之。

同时，他又发布了“陈既往之悔”的《轮台罪己诏》，宣布不再将西域的战争升级，而转向“思富养民”。他在诏书中说，轮台那个地方，从车师（今属吐鲁番）往西还有千余里，那么远的距离，还要派兵去烽燧戍边，又要遣送老弱孤独者屯垦，实在是“扰劳天下”，并非为民。因此决定，“由是不复出军”。

这个打了半个世纪仗的战争帝王，终于为了民生，投身和平。

发表《轮台罪己诏》之后才一年多，汉武帝就去世了。幸好，这个强悍生命在熄灭之前留下了这么浓重的“罪己”举动。这使他又比其他专制帝王高出了一截。

当然，汉武帝没有对阉割司马迁、腰斩任安的事发表“罪己诏”。他早就为这些暴行后悔了，却认为是小事，不必公开检讨。

其实，历代帝王不懂，不管是你们声泪俱下的“罪己诏”，还是声色俱厉的这个诏、那个诏，在历史典籍中，只是一些无足轻重、随手可删的零碎素材。就连你们声势浩大的征战地图，至多也只是历史典籍边上的几笔粗疏线条，还未必能挤进插页。

无论在过去还是未来，无论在国家图书馆还是家庭藏书室，有关中华文化，书架上占据最醒目地位的，总是厚厚一排《史记》。《史记》中飘出一道平静而忧郁的目光，谁都知道，这目光来自两千多年前。这道目光完全不在于宏伟宣言、大小排场，只在乎天道、人心、民生、文明。

这道目光曾经穿越过一座座地狱，最终成了至高的历史审判者。

它一直被压在权力底层，因此洞悉权力，终于成了让一切权力者猝不及防的最后权力。

我们所说的“大文化”，即与此有关。

文化溪谷

曾经有“唐宋八大家”的说法，给唐代散文留了两个名额，那就是韩愈、柳宗元。算来算去，也就是这两位了。但他们两位对唐代散文的最大贡献，是发起了所谓“古文运动”，喝阻了流行了几代的恶劣文风。他们忙着防疫、驱瘴、消毒、疗疾、清扫，一时还难于进行大规模的创新。如果以“除弊兴利”这四个字来概括，他们的着力点主要放在前面两个字。

为什么这两位杰出人物要花费那么大的精力来除弊？因为他们所面对的文化流行病实在太顽强了。不需要什么条件，就能大规模“疯长”，而且世俗追捧，朝廷嘉许，一不留神就已经汹涌澎湃。真正的文化之魂，只能在这种汹涌澎湃中衰竭、挣扎。

这种文化流行病，从汉到唐，一代代生生不息。韩愈、柳宗元只能以更老的朝代来对付，也就是提倡从诸子百家到汉代的健康文风，因此叫“古文运动”，其实不是以古压今，而是以正压邪。

这种文化流行病，直到现代还在得势，那就是由大话、空话、套话、老话、假话合成的排比、对仗、华丽、夸张。上上下下都钻在里面乐此不疲，即便韩愈、柳宗元活过来，也会束手无策。

苏东坡曾经赞扬韩愈的除弊之举，有“文起八代之衰”的功劳，也就是说，用批判之力把中国文学拉出了长期衰竭。但是扭转了衰势未必立即就能出现盛世，因此苏东坡又在另一个地方悄声说，唐代没有什么文章，要说也只有韩愈的那篇《送李愿归盘谷序》。

我也觉得韩愈那些著名的散文像《原道》、《原性》、《原毁》、《原人》等都太靠近论文了，缺少文学色彩，倒真是苏东坡说的这篇好得多。

相比之下，比韩愈小五岁的柳宗元，散文成就更高。尤其那些山水游记，把冷僻优美的自然风光描写得极其精致，却又处处融入身心意态，成为历史上同类作品的可爱典范。柳宗元一直被贬于永州、柳州，又中年早逝，在文学生态上，比长期在京城为官并担任文坛领袖的韩愈更纯粹、更真切。柳宗元的山水游记中，特别幽默而又内涵宏大的，是那篇《愚溪诗序》。

韩愈的《送李愿归盘谷序》写了一个盘谷，柳宗元的《愚溪诗序》写了一条愚溪。这一谷一溪，被我称为“文化溪谷”，组合成了一种隐逸精神，与四百年前的陶渊明遥相呼应。但是，陶渊明毕竟生活在离乱飘摇的东晋，隐逸的理由非常充分；而韩愈、柳宗元则生活在气势宏伟的大唐，隐逸精神就出现了更深刻的逻辑。

简单说来，“衰世隐逸”与“盛世隐逸”的动力和理由完全不同，后者更艰难，也更透彻。韩愈、柳宗元两人，一个高官，一个贬官，都不是典型的隐逸者形象，却说出了陶渊明没有说的一些理由，很值得重视。

因此，我既完成了陶渊明的《归去来兮辞》的今译，又完成了韩愈《送李愿归盘谷序》和柳宗元《愚溪诗序》的今译。希望今天的读者，能够连在一起品味。

韩愈是借一个叫李愿的朋友之口，来表述隐逸理由的。这个李愿，对高层官场生态非常熟悉，也没有遇到什么麻烦，却一定要到太行山南面的一个冷清山谷去隐居。

他这样描述高层官场生态："人之称大丈夫者，我知之矣。利泽施于人，名声昭于时。坐于庙朝，进退百官，而佐天子出令。其在外，则树旗旄，罗弓矢，武夫前呵，从者塞途。供给之人，各执其物，夹道而疾驰。喜有赏，怒有刑。才畯满前，道古今而誉盛德，入耳而不烦……"

这段话的今译是：

> 人们所说的高官，我知道。他们把利益施于他人，得名声显赫一时。他们身在朝廷，任免百官，辅佐皇上，发号施令。一旦外出，竖起旗帜，排开弓箭，武夫开道，随从塞路。负责后勤供给的人，捧着物品在道路两边奔跑。他们高兴了，就赏赐；生气了，就刑罚。才俊之士挤满他们眼前，说古道今来称誉盛德，他们听得入耳，并不厌烦……

确实描写得既真实又生动。那么，像李愿这样的人为什么要离开这种显赫的生态呢？韩愈所写的理由是这样的："与其有誉于前，孰若无毁于其后；与其有乐于身，孰若无忧于其心。车服不维，刀锯不加，理乱不知，黜陟不闻。大丈夫不遇于时者之所为也，我则行之。伺候于公卿之门，奔走于形势之途，足将进而趑趄，口将言而嗫嚅，处污秽而不羞，触刑辟而诛戮，侥幸于万一，老死而后止者，其于为人贤不肖何如也？”

这段话其实包含着两个小段落，我的今译如下：

> 与其当面受到赞誉，不如背后没有毁谤；与其身体享受快乐，不如内心没有忧伤。这样，就不必在乎车马服饰的等级，不用担心刀锯刑罚的处分，不必关心时世治乱的动静，不必打听官场升降的消息。——这就是不合时世的大丈夫，这就是我。
>
> 如果不是这样，伺候于公卿之门，奔走于权势之途，刚要抬脚就畏缩，刚想开口就嗫嚅，身处污秽而不羞，触犯刑法而获诛，一生都在求侥幸，直到老死方止步。这样的人，究竟是好，还是不好？

韩愈确实说清了“盛世隐逸”的逻辑，也只有深知高层官场生态的人才能写得出来。苏东坡把此文评为唐代文章第一，是有道理的。除了文学评鉴之外，苏东坡本人也深知高层官场生态，因而感同身受。

柳宗元其实就是韩愈笔下的那个李愿。韩愈向往隐逸而不得，柳宗元被迫隐逸而得悟。

柳宗元隐逸的地方，有一条溪，他命名为“愚溪”。对此他写道：“夫水，智者乐也。今是溪独见辱于愚，何哉？盖其流甚下，不可以溉灌；又峻急多坻石，大舟不可入也；幽邃浅狭，蛟龙不屑，不能兴云雨。无以利世，而适类于予，然则虽辱而愚之，可也。”

这段文章，我今译如下——

本来水是智者所乐，为什么眼下这道溪水独独以愚相称？你看，它水位很低，不能来灌溉；它水流峻急，又多嶙峋，大船进入不了；它幽深浅狭，蛟龙不屑一顾，因为不能在这里兴云作雨。总之，它不能被世间利用，恰恰与我类似。那么，委屈一下以愚相称，也可以。

但是，柳宗元毕竟是柳宗元，唐代毕竟是唐代，他的文笔很快就昂扬起来了：“溪虽莫利于世，而善鉴万类。清莹秀澈，锵鸣金石，能使愚者喜笑眷慕，乐而不能去也。予虽不合于俗，亦颇以文墨自慰，漱涤万物，牢笼百态，而无所避之。以愚辞歌愚溪，则茫然而不违，昏然而同归。超鸿蒙，混希夷，寂寥而莫我知也。”

请读一读我对这段文字的今译——

这溪虽然不能被世间利用，却能映照天下万物。它清莹秀澈的水流，金石铿锵的声音，能使一切愚者喜笑眷恋，乐而忘返。

我虽然与世俗不合，却也能用文墨慰藉自己、洗涤万物、掌控百态，什么也逃不出我的笔下。因此，我今天以愚辞来歌颂愚溪，便觉得茫茫然与此溪相合，昏昏然与此溪同归。超然于鸿蒙混沌，相融于虚静太空，寂寥于未知之境。

你看，这就是韩愈所羡慕的“李愿”，这就是陶渊明所不知道的唐代隐逸者。在这里，隐逸精神已上升为一种天人合一的生命哲学，而自己则是这种生命哲学的掌控者和主宰者。

由此可知，中国文化，在任何角落都能获得升华；中国文人，在任何溪谷都能超凡入圣。

我选唐诗

我在讲授唐代散文的时候，做了一个精简化的实验，那就是，只讲两个人：韩愈和柳宗元。对他们两人，又只各选一篇，重点讲解。

对于这种精简化，我曾反复讲述了两个观点：

一、文化必须瘦身，方显健美体形；

二、佳作吞咽太多，也成垃圾食品。

对于这两点，似乎提醒得有点晚了。看看目前全国各地的课堂和电视，恶果已经比较严重。

我拿着唐代散文来做精简化实验，也是讨了一个方便，因为那里的果实本来就比较寥落。为什么寥落？因为边上的邻居取得了大丰收，地气、人气都向那里聚集了。

哪个邻居？唐诗。

唐诗的丰收确实惊人。可谓英才密布，佳作喷涌，整个民族的文化激情都在那里获得熔铸和淬炼。结果，对唐诗的知晓程度，也就成了一个中国人精神品级的试金石。

但是，唐诗再好，如果塞满了一个年轻人的头脑，成为沉重的记忆负担，那么，他还能领会轻灵潇洒的诗韵吗？他自己心底埋藏的天赋诗情，还能穿过那么多古董仓储释放出来吗？

因此，唐诗也应该被精选。精选时应该把握什么尺度，已经成为一门独立的学问。

唐诗总数有多少，谁也无法统计了。只知道，在远离唐代七百多年之后，清代初期的季振宜把他能看到的遗产编成了《唐诗》七百一十七卷，共四万两千九百多首，作者一千八百九十多人。后来，彭定求等十人以此为底本，参照明代胡震亨的《唐音统签》，得四万九千四百多首，作者两千八百多人，编成了由康熙皇帝作序的《钦定全唐诗》。加上《续全唐诗》，总共已有五万一千多首。

其实在《全唐诗》之前，已经有不少著名文人在编选本，例如王安石编《唐百家诗选》、元好问编《唐诗鼓吹》、钟惺等编《唐诗归》、黄德水等编《唐诗纪》、王士禛等编《唐贤三昧集》、李攀龙编《唐诗选》等等。有了《全唐诗》，选编起来就比较方便了。其中最著名的选本，出自一个不著名的文人之手，那就是乾隆年间的孙洙（蘅塘退士）编的《唐诗三百首》。

这个选本之所以广受欢迎，除了选得不错外，更与三百首的数量有关。太多了，怕读不下来；太少了，怕有重大遗漏。结果，三百首成了清代乾隆年间比较合适的体量，后来又“合适”了不少年月。

但是，随着现代社会的开始，教育结构的改变，要让大量在各个专业里忙碌的人再去熟读唐诗三百首，显然是超量了。二十世纪后期编过几种《唐诗一百首》，发行量倒也不小，但熟读的程度很难乐观。

这件事突然变得重大，是在海内外兴起“文化热”之后。世界上各种文化都开始重新寻找自己的“文化图腾”、“文化符号”、“文化密码”、“文化元件”、“文化要素”、“文化口令”。历时悠久的中华文化，也开始从这方面忙碌起来。

是龙凤？是长城？是敦煌？是甲骨文和饕餮纹？是京剧？是编钟？是《高山流水》？是《二泉映月》？……

都是，似乎又都不太是。

这些文化符号都很重要，但又都缺少对华夏之美的广泛容纳性、多方覆盖性。

唐诗，只有唐诗，代表着中国古典世界最有生命力的时代，凝聚着完整的华夏之美，却又可以轻松地含咀于每个中国人的心口之间。把唐诗作为中华文明的“文化符号”、“文化元件”，正合适不过。

简单说来，看一个中国人身上负载着多少自己的文化，背诵唐诗是最好的测验。两个华人在海外偶遇却互相不知文化底里，谈论唐诗是最好的试探。

唐诗在这种情况下的意义，已经远远超过《唐诗三百首》时代。但是，要让普通民众也能随口吐出，篇目一定不应太多。不能让“文化元件”，变成一大堆“零件”。

二十年前，西安曲江新区的建设者们想要恢复当年唐诗故地的荣耀，准备在景观区竖立一些诗碑。他们远道赶来找我，希望我来决定选诗的数量和篇目。

我问：“你们只是想让游人对诗碑浏览一遍，还是让他们停下步来唤起自己能够背诵的记忆？”

他们说："当然是后一种，唤起背诵的记忆。"

我又问："你们对这些停下步来的游人，有没有预先设想过社会界别？"

他们说："没有。不同文化程度，不同年龄层次，全包括。"

我又问："包括不包括海外华人？"

他们说："当然包括，到西安来的海外华人特别多。"

在几番问答之后，我说："停下步来，就能背诵，这诗碑就不再是景观之碑，而成了心中之碑。那么多人的心中之碑，当然应该精而又精。"

"多少首为好？"他们问。

"二十首，我来选。"

这二十首，都要一一镌刻成精美大碑，从工程的角度看也不宜再多。而且，西安已经有了古老的碑林，不应在形态上重复。

如果不必刻碑，只是心头记诵，那么，对于当代中国热爱文化的年轻人来说，二十首毕竟太少了。

在年轻人心中构建中国文化的底座，一直是我近年来努力的项目。因此，他们应该背诵的唐诗数量，不断在我心里进退伸缩。

今年，中国艺术研究院所属"秋雨书院"的博士课程，通过网络平台向社会公开，第一门课"中国文化课"的收听人次，已经达到数千万。这门课当然会涉及对唐诗的当代记忆，我就很自然地把记忆数量分成了两个层次：第一层是针对广大学员的，数量不能多，限制在五十首；第二层次是针对我指导的博士研究生的，数量应该扩大，因而增加了一个“扩大记忆”的目录。

显然，问题的焦点，在于为广大学员开列的五十首。哪五十首？顺序应该如何排列？

广大学员所需要的目录，也正是一般民众所需要的。中华书局出版过一本《唐诗排行榜》，该书根据古今选本选入的次数和学者评点的次数，选出百首唐诗并排列了次序，颇有学术价值。我的着眼点有所不同。学界的关注度固然重要，但唐诗早已远远超越学界而广为传播。按照文化人类学的观点，一切广为传播的文化现象一定触碰到了某种集体潜意识，正是这种集体潜意识，决定了它们的传播程度。于是大家看到了，有些作品，学界评价很高而传播低迷，而另外一些作品正相反，传播的广度让学界百思而不解。我感兴趣的，恰恰是普通民众的传诵程度。

所谓普通民众，究竟是指古代的还是现代的？这又与学界的思维不同了，我更看重现代的。因为现代的传诵，正是历代传诵的结果。由历代到现代，其中一定包含着各种“不合理”，但结果却是一种“大合理”。

我在北京大学讲授中国文化史的时候，曾经就当代学生对唐代诗人的熟悉和热爱程度，在各个系科进行民意测验。我告诉学生：此刻，唐代诗人的九天英魂也在密切关注着北大，因为他们也一定很想知道一千四百年以后的“结果”。

说了那么多，我终于可以公布这五十首唐诗的篇目和次序了。

李白：《早发白帝城》、《静夜思》、《黄鹤楼送孟浩然之广陵》、《将进酒》、《蜀道难》、《月下独酌》、《行路难》、《子夜吴歌》、《送友人》、《宣州谢朓楼饯别校书叔云》；

杜甫：《登高》、《蜀相》、《春望》、《春夜喜雨》、《登岳阳楼》、《月夜》、《赠卫八处士》、《闻官军收河南河北》、《咏怀古迹》、《客至》；

王维：《送元二使安西》、《山居秋暝》、《鹿柴》、《九月九日忆山东兄弟》、《竹里馆》；

白居易：《赋得古原草送别》、《问刘十九》、《琵琶行》；

崔颢：《黄鹤楼》；

王之涣：《出塞》、《登鹳雀楼》；

王昌龄：《出塞》；

柳宗元：《江雪》；

孟浩然：《春晓》；

杜牧：《山行》；

刘禹锡：《西塞山怀古》、《乌衣巷》、《石头城》；

李商隐：《无题》（相见时难别亦难）、《夜雨寄北》；

王勃：《送杜少府之任蜀川》；

张继：《枫桥夜泊》；

陈子昂：《登幽州台歌》；

王翰：《凉州词》；

孟郊：《游子吟》；

贾岛：《寻隐者不遇》；

卢纶:《塞下曲 · 其三》;

高適:《别董大》;

韦应物:《滁州西涧》;

常建:《题破山寺后禅院》。

数一数，正好五十首，都应该随口背诵。其中白居易的《琵琶行》较长，可以选一些段落背诵。

我希望博士研究生扩大对唐诗的记忆范围，于是再增加四十首，至少应该熟读。这扩大的四十首篇目如下——

李白:《登金陵凤凰台》、《梦游天姥吟留别》、《独坐敬亭山》、《关山月》、《庐山谣寄卢侍御虚舟》;

杜甫:《梦李白》、《旅夜书怀》、《登楼》、《兵车行》、《石壕吏》、《哀江头》、《哀王孙》;

王维:《杂诗》(君自故乡来)、《终南别业》、《使至塞上》、《鸟鸣涧》、《相思》;

白居易:《长恨歌》;

杜牧:《赤壁》、《泊秦淮》、《寄扬州韩绰判官》、《秋夕》;

元稹:《行宫》;

孟浩然:《过故人庄》、《留别王维》、《秋登兰山寄张五》;

王昌龄:《芙蓉楼送辛渐》、《闺怨》、《塞下曲》;

李商隐:《无题》(昨夜星辰昨夜风)、《嫦娥》、《乐游原》、《无题》（来是空言去绝踪）；

张若虚：《春江花月夜》；

贺知章：《回乡偶书》；

张九龄：《望月怀远》；

金昌绪：《春怨》；

王湾：《次北固山下》；

许浑：《咸阳城西楼晚眺》；

高適：《燕歌行》。

不管是前面的五十首，还是后面的四十首，都只是参考目录。当代人读唐诗，“必须性”大大减弱，而“随兴性”则大大加强。每个学员面对诗句时的独特感受，都应该引起重视。这很可能是两种相似心理结构的穿越式碰撞。正是在这种碰撞中，唐诗找到了千年后的知音，而你则找到了唐代的自己。

唐诗应该怎么读

精选了唐诗之后，接下来的问题是，应该如何吸引当代人来读唐诗？

反复地强调它的重要性，没有用。因为一切正常人都不会成天去追随别人所说的“重要性”，而且，要追也追不过来。

用现代传媒的浩大比赛来造势，也没有用。事实证明，这样的赛事最多只是让观众对几个善于背诵的孩子保持几天的记忆。而且谁都知道，善于背诵并不等于善于辨识，更不等于善于创作。

排除了这一些热闹，总该可以安心读唐诗了吧？也不，因为还会遇到一个个迷宫挡在半道上，那就是学术误导、史迹误导、生平误导、考证误导。

这些误导，看起来比较安静，比较斯文，容易取信于很多不喜欢喧闹的人。但是，这种取信，结果也是悲剧性的。那些沉进去了的人，尽管很可能被旁人称为“唐诗专家”，其实唐诗在他们那里，早已变得浑身披挂、遍体锈斑、老尘厚积、陈词缠绕，没有多少活气了。

喧闹走不通，安静也走不通，问题究竟出在哪里呢？

问题的关键，在于这些路都断送了诗情、诗魂。

诗情、诗魂，潜藏在每个人心底。早在孩童时代，很多人的天性中就包含着某种如诗如梦、如呓如痴的成分。待到长大，世事匆忙，但只要仍然能以天真的目光来惊叹大地山水，发现人情之美，那就证明诗情未脱，诗魂犹在。读唐诗，只是对自身诗情、诗魂的印证和延伸。因此，归结点还在于自身。

由于社会分工不同，也会有一些专业研究者去考据唐诗的种种档案资料。他们的归结，不是人人皆有的诗情、诗魂，而是越写越冷的专著、论文。前面所说的迷宫，就是由他们挖掘和搭建的。

天底下有一些迷宫也不错，可以让一些闲散人士转悠一下，却不宜诱惑普通民众都进去折腾。尤其是年轻人，只要进入了这样的迷宫，原先藏在心底的诗情、诗魂就会荡然无存。

我们寻找自己喜爱的唐诗，其实也是在寻找能够打动自己灵魂的文化信号。可惜，我们的很多研究专家，只是户籍科里的档案资料员，与灵魂和感情基本无关。

对这件事，我倒是具有双重话语权。长久的学术经历使我对迷宫的沟沟坎坎非常熟悉，而我的生命基点毕竟承担着追求感性大美的责任，因此更知道迷宫之外的风景。

我很想举出几首唐诗，来分辨档案迷宫与诗情、诗魂的区别。

例一：李白的《早发白帝城》，又叫《下江陵》。

这是我选的“必诵唐诗五十首”中的第一首，因此先讲。这首诗大家都很熟悉——

朝辞白帝彩云间，
千里江陵一日还。
两岸猿声啼不住，
轻舟已过万重山。

最好的唐诗都不喜欢生僻词语和历史典故，因此习惯于档案迷宫的研究专家面对这样的诗总是束手无策。这首诗也是这样，明白如话，毫无障碍，研究专家只能在“生平事迹”上面下学术功夫了。

这功夫一下可了不得，因为这首诗是李白获得一次大赦后写的。于是，那些专家就要追问：他犯了什么罪？那就必须牵涉到他在“安史之乱”发生后跟随永王李璘平叛的事了。李璘为什么招他入幕？平叛为什么又犯了罪？与他一起跟随永王平叛的将领均已无罪，为什么他反而被判流放夜郎？又为什么获得大赦？……这些问题，都非常重大，当然也是这首诗的历史背景和心理背景。中国学术界常常认为，历史重于艺术，所以一门诗歌课程常常也就变成了历史课程。历史讲了千言万语，诗情、诗魂都被挤到了一边，成了庞大历史的可怜附庸。

接下来，研究专家还会细细讲述，李白在这首诗中写到的千里之外的江陵，是此行的目的地。他到那里何以为生？投靠谁？好像是投靠做太守的朋友韦良宰。后来他又到过洞庭、宣城、金陵，生活困难，最后投奔在当涂做县令的族叔李冰阳，并在那里去世。

诗人的这种生平档案，常常成为我们论诗的主要内容，显得很有学问，其实是把事情完全颠倒了。

难道一切艺术创作，都是自我经历的直接写照吗？小诗人、小作品也许是，大诗人、大作品就不是了。人类要诗，是在寻求超越——超越时间，超越空间，超越自我，超越身边的混乱，超越当下的悲欢，而问鼎永恒的大美。诗，既是对现实人生的反映，又是对现实人生的叛离，并在叛离中抵达彼岸。不叛离，就没有彼岸。

因此，我虽然也很乐意阅读诗人的生平事迹，却不愿把他们的繁杂遭遇与他们的千古诗句直接对应。那样的繁杂遭遇，人人都碰到过，为什么只有他写出了常人无法企及的诗句？可见那是一条孤单的小舟在天性指引下划破浩渺烟波而停泊到了彼岸的神圣诗境，这与此岸的生态已经非常遥远。

还是回到这首《早发白帝城》吧，让我们看看它的诗情、诗魂是如何在超越中出现的。

李白的高妙，首先是在交通条件还很原始的古代，完成了极短的时间和极长的空间的奇异置换。这种在“一日”和“千里”之间的奇异置换，昭示了人类生命力有可能达到的畅快，因此能使一切读者产生一种生命的动态喜悦。

这种人类生命力的畅快和喜悦实在太珍罕、太精彩了，因此诗人借一些自然力来衬托和喝彩。哪些自然力？一是彩云；二是白帝城；三是千里江陵；四是万重山。

这四项，足够气派，又足够美丽，但都是静穆的，还缺一点声音，于是，李白拉出了“猿声”，还“啼不住”，于是视觉和听觉一起调动起来了，全盘皆活。

这“两岸猿声”，是一种自然存在，还是被李白的轻舟惊动出来的，特地在为李白的轻舟叫好？都可以。因为它没完没了，也就变成了一种绵绵不绝的交响伴奏。

比彩云、白帝城、千里江陵、万重山、猿声更为主动的，就是那条轻舟。它琐小、不定、无彩、无声，却以一种大运动，压过了前面这一切。山水云邑，只为大运动让路。

始终没有提到这种大运动的执掌者，那就是比轻舟更琐小的诗人。山水云邑为大运动的轻舟让路，其实也就是为诗人让路。边让路边喝彩，今天，千里山河的主人就是他了。

由此，千里山河也因他而焕发了诗情、诗魂。是轻舟在写诗，也是彩云、白帝城、千里江陵、万重山、猿声一起在写诗。当然，这就写成了一首真正的大诗。尽管，只有四句，二十八个汉字。

诗的奇迹，莫过于此。因此，我把它列为必诵唐诗第一首。

那就紧接着来看看第二首吧，也是李白的，《静夜思》，所有的中国人都会随口背诵。

床前明月光，
疑是地上霜。
举头望明月，
低头思故乡。

这首诗的通俗程度，进一步证明了极品唐诗都不深奥。研究专家更加不知怎么来显摆学识了，这让我深感痛快。我从几十年前开始就不断论述，学问和诗情是两回事，而对人类而言，诗情比学问更重要，却很少有人相信。直到我一次次搬出亚里士多德对诗和历史孰重孰轻的论述，大家还是不相信。人们似乎越来越崇拜那些引经据典、咬文嚼字的腐酸群落，而不看重衣带飘飘、心怀天地的行吟身影。

由于那些研究专家对于《静夜思》无从下手，就走了偏门，专门去研究李白所思的故乡究竟在哪里。这就惹出了大麻烦，几个地方在争抢，都有历史考据文章做支撑，于是一下子又陷入了学术泥淖。其中，比较可信的论点是李白出生于今天吉尔吉斯斯坦北部的托克马克城，那时叫碎叶。那么，李白思念的故乡，难道就是托克马克城吗？还是童年时迁徙到过的某个地方？这个争抢显然还会长期继续，但我知道，再多的地名也与诗情和诗魂关系不大。

那么，就让我们回到非学术的诗句上来吧。

首先，把“明月光”疑看成“地上霜”，这情景很美，美在诗人还没有醒透，美在还没有醒透时的迷离目光。因为诗人的床不会在露天，所以永远也不可能结霜在床前之地。如此一疑，诗人倒是醒了。一醒就知道是月光，但如此明亮却是罕见，于是抬起头来望月。

——至此，已经有了诗意，却还没有诗情。诗情，往往产生于大空间的滑动式联想。也就是说，李白从一个疑似的错觉很诗意地找到月亮，而要调动诗情，还必须从月亮联想开去，而且必须是大空间的想象。他，很自然，又很天才地从明月联想到了故乡。

几乎一切中国人，在静夜仰月时都会联想到故乡，这个习惯就是由李白的这首诗养成的。一个诗人如果能用几句诗建立千年民众的心理习惯，那实在是问鼎了稀世伟大。李白用这首最通俗的诗，做到了。

由明月联想到故乡，他只是一笔带过，但这一笔之中包含的内容却极其丰富。人人都会从这个联想伸发出自己的各种感受，例如——

这月亮，我最早看到，是在故乡的屋顶。

这里与故乡远隔千里，只有它完全一样。

那夜妈妈正在门前月光下安排晚餐，一个骑士的黑暗遮住了餐桌，我们抬头一看，爸爸背了一个大月亮。

故乡童年的游戏，总是在夜间野外，因此，月亮是所有小伙伴每天的企盼。

今夜故乡的明月照见了什么？有没有几个我认得的身影？

可能没有什么变化，可能已经大变，月亮，你能告诉我吗？

……

这就是从月亮联想故乡的起点性话题，但这个话题又会无限展开，于是李白就从“举头”变成了“低头”。“举头”时已经想了很多，一“低头”，那就会想得越来越深入。

广大读者也顺着李白铺下的“习惯想象”轨道，一见月亮就想故乡。月亮老在头上，故乡老在心中。这就是一首名诗交给天下大地的魅力。

少数知道李白生平的读者在联想之后还会在心中发问：这个写下“中华第一思乡诗”的诗人，为什么总也不回故乡看看呢？他又没有什么公务缠身，也不怕长途跋涉，却一直思乡而不回乡，这中间一定有更深刻的哲理吧？

这里确实蕴藏着一种“诗人的哲理”，那就是：最美的故乡就在思念中。李白的故乡只能隐隐地浮动于“地上霜”和“明月光”之间，只能飘飘地出没在“举头”和“低头”之间。他太懂这种“诗人的哲理”，因此要小心翼翼地维护，绝不走上回乡的路。

其实，对李白来说，故乡早已泛化、虚化、诗化。这样的故乡不同于真实的故乡。因此研究专家们不管做多少考证，写多少文章，都在背离他心中诗化了的故乡。

再讲必诵唐诗第三首，还是李白的，题为《黄鹤楼送孟浩然之广陵》。也是四句——

故人西辞黄鹤楼，
烟花三月下扬州。
孤帆远影碧空尽，
唯见长江天际流。

研究专家们一定会花不少笔墨来写李白与孟浩然的友情，追溯他们这次告别的原因，以及孟浩然到扬州去干什么，李白当时的处境，等等。这些背景资料，说说也可，但不能本末倒置，而忘了千古诗魂。

古人对这首诗的评价是：“送别诗之祖”。

送别诗，本是古今诗坛中最重要的门类之一，居然可以在这首诗中认祖，可见这二十八个汉字成了一个极关键的始发之源。也就是说，它为后代的各种送别诗提供了“传代基因”。

那么，这种“基因”是什么呢？

第一，用高超的方式表现送别，往往只写景，少抒情，甚至不抒情。

第二，用高超的方式表现送别，往往十分安静，好像什么事也没有发生。

第三，用高超的方式表现送别，最好聚焦于离开之后。

第四，用高超的方式表现送别，要在气氛上力求美丽、大气、开阔。

这四点，正可以由李白的这首诗来印证。

这首诗的送别礼仪，布置得美丽而贵重。地点是黄鹤楼，时间是烟花三月，至于被送者的目标扬州则更加美丽和贵重。诗的上半首有了这番提领，今天的送别就有了超常的力度。

但是请注意，这个力度并没有落到告别的两人身上，而是故意放过两人的场面，只留下送行者一人，安静地看着友人乘船远去。其实连友人的身影都见不到，看到的只是“孤帆远影”。那就是说，他们已经分手好一会儿了。

这里就出现了写诗的一种美学策略。短短四句，万千深情，只能严选一个“最有意味的场景”。李白显然是选对了：一个人，在高处眺望友人的孤舟越来越远，一直到完全看不见，消失在碧空之中。

这个场景的主角并不是孤舟，也不是孤舟上的友人，而是这个站在高处的眺望者。他眼里只要还有一丝朋友的痕迹就绝不离开。这一来他就成了感动读者的主体形象，成了江边的主角，情感的主角。这种美学设计，确实高明。

但是事情还没有完。等到孤帆消失于碧空之中，诗人还舍不得离开，又呆呆地看了一会儿长江。“唯见长江天际流”，这已经成了一个“空镜头”。但是，正是这个“空镜头”的定格，展现了送别的无限深度和广度。

由此，说这首诗是“送别诗之祖”，完全合格。

有人说，这几句诗，是用长江象征着友情。是吗？抱歉，这一点我倒是没有看出来。

就像我不喜欢抒情之诗一样，我也不喜欢哲理之诗。诗中本可渗透一点哲理，但是如果拿一首诗来做哲理的象征，或者通过象征达到哲理，都有点反客为主。哲理有不小的派头，它一来，诗情、诗魂只能让到一边去了，这就是“鸠占鹊巢”，不太好。诗的最高等级，还在于不动声色的极致情景。

本来，我想顺着上面的路子，把我选的“必诵唐诗五十首”都讲述一遍，甚至扩大篇目，写成一本像模像样的《余读唐诗》。而且可以想象，这是一件非常轻松、愉快的事情。

但是，考虑再三，决定不写这本书了。因为我觉得前面对三首唐诗的讲述，已经大体展示了我的读诗方法。不同的读者在唐诗面前，应该展现出不同的解读。唐诗是一种“远年引信”，能够激发出我们每个人天性中早就储存着的诗情、诗魂，因此应该有大量不同的门径。

在这篇文章的最后，我要对接触唐诗不久的年轻人做几点较完整的提示。

一、唐诗是诗，不是学问。诗与我们每个人的内心相关，因此，你们尽可以一门心思地去读那些“一上眼就喜欢”的诗。“一上眼就喜欢”，是现代心理学研究的重要现象，证明那些诗句与你自己的心理结构存在着“同构关系”。喜欢李白的这两句，证明千年之后的你，与写诗时的李白有一种隔代的心理共振。这是通向伟大的缆索，因此要抓住不放，反复吟诵。读这样的诗，其实在读自己。读自己，也可以说是用唐诗唤醒自己，唤醒一个具有潜在诗魂的人。

二、太复杂、深奥、艰涩的诗，可以暂时搁置。如果今后你选了中国古典文学专业，再读也不迟。我在前面说过，最好的唐诗都不喜欢生僻词语和历史典故。这是唐诗在楚辞和汉赋之后的一次整体解放，也是唐诗能够轰动社会的原因之一。最好的唐诗，不允许学术硬块来阻挡流荡的诗情，而真正的诗情因为直通普遍人性，所以一定畅然无碍，人人可感。

三、读唐诗就是读唐诗，不要把衍生体、派生体、次生体当作唐诗本体。衍生体中，精简的注释倒是可以偶尔读一下，却不宜让太多知识性、资料性、考证性的文本挡住了视线。写这些文本的人，以诗的名义失去了诗，实在是一种无奈的文化牺牲，我们应该予以同情，却不必追随他们。

宋词的最高峰峦

宋代文学的第一主角，是词。其实宋诗也不错，但是面对着前辈的唐诗和同辈的宋词，应该谦让了。宋代的散文超过唐代，但是边上有了词，也应该谦让了。

“词”这个东西，就像我们现在歌唱界常说的“歌词”、“曲词”一样，与音乐有紧密关系。唐代是一个充满歌声的时代，从胡乐到燕乐的歌词，常被称为“曲子词”。中唐之后一些文人开始认真地依声填词，这就形成了与诗很不一样的“长短句”。白居易、刘禹锡、张志和等人都写过不错的词，晚唐温庭筠的贡献更大一些。到了南唐小朝廷时期，国事纷乱而文事发达，宰相冯延巳和国君李璟都是一代词家，而李璟的儿子李煜，更是一个划时代的巨匠。

李煜后来成了宋朝的俘虏。这个俘虏他的王朝的最高文学标志，却由他在俘虏屋里擦着眼泪默默奠基。这事很怪异，也很幽默。不管哪个朝代、哪个国家，俘虏营、俘虏屋、俘虏岛，大多是汇聚大量奇险而悲怆诗情的地方。只不过，那些作品很难传得出来。李煜是特例，不仅传出来了，而且几乎整个中国都记住了他的一些句子。“春花秋月何时了，往事知多少”；“问君能有几多愁，恰似一江春水向东流”；“流水落花春去也，天上人间”；“剪不断，理还乱，是离愁，别是一般滋味在心头”……

“一江春水向东流”的幽咽之叹，终于变成了“大江东去”的豪迈之声。宋词堂皇登台，一时间风起云涌。

宋词的第一主角，是苏东坡。

对此，很少听到异议。因为有《念奴娇·赤壁怀古》和《水调歌头·中秋》。

这两首词的巨大魅力，已经远远超出词的范畴。苏东坡本人，也因它们而登上了最高文化峰峦。

为什么会这样？为什么是这两首？

大家早就习惯了大概念的讲述，我今天且另辟蹊径，只讲具体创作技法。

第一个原因：由宏大情景开头。

篇幅不大的文学作品，开头非常重要。如果开头平平，多数粗心的读者就不会继续深入，而对那些很有耐心的读者而言，也失落了“开门见山”的惊喜。因此，能否把读者一把拉住，而且拉得有力，开头占了一半功效。

很多诗词的开头，会从一个心理感慨出发，包括很多佳作也是如此。但是，多数读者在刚刚面对一个作品时，心理结构的大门尚未完全打开，还处于一种试探状态。兜头一盆感慨之水或哲理之水，会让人缺少足够的接受准备。因此，感慨和哲理不妨放后一点，最好的开头应该是情景。让读者进入情景比较容易，一旦进入，就可以任你引导了。

但是，情景的设定也大有讲究。多数诗词的情景，往往出自诗人当下庭院图像，如霜晨飞雀，篱下落花，可触可感，容易动情。这样当然也能写出优秀作品，但毕竟，气格小了一点，缺少一种强大的吸附之力和裹卷之力。

这就可以发现苏东坡这两首词的不凡之处了，那就是，一开头便具有强大的吸附之力和裹卷之力。

这两种力的起点，是宏大情景。一首，是俯瞰滚滚长江；另一首，是仰视中秋之月。这两个情景，人人都能感受，一感受便找到一种浩渺的亲切感，其实也就是找到了一个“被提升了的自己”。这就会让读者立即移情，黏着于词句之间了。

“大江东去，浪淘尽，千古风流人物”，这是任何人在江边都产生过的感受；“明月几时有，把酒问青天，不知天上宫阙，今夕是何年”，这是任何人在仰月时都产生过的想象。也就是说，只要是人，面对巨大而恒久的自然物时都会在内心迸发出天赋诗意，苏东坡的这两首词把这种诗意叩发出来了。

因此，读诗的人，已经是半个诗人。

第二个原因：把宏大情景写足、写透。

宏大情景粘住了读者，还不够，必须粘得更深一点，把这个宏大情景写足、写透。

这是很多诗词做不到的。有了一个好的开头，往往就纵笔滑走，匆忙表述自己的感悟了。例如比苏东坡晚了四百多年的杨慎写的《临江仙》就是一种标准格式："滚滚长江东流水，浪花淘尽英雄，是非成败转头空。"这也写得不错，却是通常的写作套路。

苏东坡不会这样，他一定要把已经引出来的大江写透，写"故垒西边"，写"乱石穿空，惊涛拍岸"，写"卷起千堆雪"。这就把进入情景的读者深度裹卷了，而且是感性裹卷，很难拒绝。

当读者已经被深度裹卷，于是只要轻轻点化一句感悟，大家全都顺势接受了："江山如画，一时多少豪杰。"

那首《水调歌头》，也没有立即从月亮联想到一个意念，而是把观月的情景描写到了无以复加的地步。你看，既在猜想天宫中的日历，又在设想着自己如果飞上去了之后又受不住上面的寒冷。虽然寒冷，但那是非常美丽的"琼楼玉宇"。既然上不去，那就看月光怎么从天上下来吧，"转朱阁，低绮户，照无眠"。请注意，写了那么多，还没有把意念塞给读者，仍然是在透彻地赏月。这实在是高明极了，赏月赏到了天上人间的无垠穿越，把一个情景搅成了极致性的运动状态，而这一切又全在广大读者都能感受的范围之内。

由此可知，最高等级的大作品，总是着力于想象和描写，而不是议论和抒情。如果急急地进入议论和抒情，也可能是好作品，却不可能是大作品。

第三个原因：感悟于低调、朦胧。

在情景里翻腾得那么透，享受了那么久，最后总要表达一些感悟了吧。

这当然是需要的，否则作品缺少了一个归结点，很难结束。但是，这里最常见的误会是，以为大作品必须引出一个最深刻、最响亮的结论。很多文学史家也常常用这种思路来分析各个作品。

但是不能忘了，文学就是文学，并不是哲学。在美的领域，要的是寻常的感悟，而不是惊世的结论。真正传世的大作品，精神走向一定不是战歌式的嘹亮清晰，而总是朦胧的、低调的、模糊的，因此也是浩茫的、多义的、无限的。

请看《念奴娇》，在道尽了大江英雄陈迹之后，并不伤感，并不批判，也不说教，只是淡淡表示自己在“多情”的“神游”中已经“早生华发”。感叹了一下“人生如梦”之后就举起了酒杯祭洒。祭洒给谁？是给大江？给周瑜？给人生？给自己？都可以。就在这“都可以”的低调朦胧中，一个大作品才没有陷落于一端而变小。而且，正是在低调朦胧中，美的景象才能留存得完满而没有被意念割碎。

《水调歌头》也是一样，没有决断，没有怨恨，没有结论。这个作品归结于一种温暖的劝慰：即使离别也“不应有恨”。“人有悲欢离合，月有阴晴圆缺，此事古难全。”是啊，在“悲欢离合”这四个字当中，每个字都能做出大量激情勃发的好文章，但苏东坡站在这些好文章之上轻轻一笑，说这都是自然现象，不必求全。彼此活得长一点，就好了，而这也只是一个愿望。仍然是一片暖洋洋的朦胧，足以融化一切。

正是这种低调朦胧，使一切读者都能放松进入，又放松离开。好像没有得到什么，却看到了一个知心的异代兄长的精神微笑。这种精神微笑，又与自己有关，因此分外亲切。

这就是这两首词百读不厌的技术原因。

原来打算，这篇短文写到这里就可以结束了。但是很多读者通过各种渠道向我传达了一个心愿，希望我在开列唐诗必诵篇目之后，为宋词也开列一份。也就是说，公布一个我心目中的宋词必诵篇目。

这事不难，那就在文后占据一些篇幅吧。

必诵宋词三十五首

苏东坡除了上文所讲的两首外，还有：《卜算子·黄州定惠院寓居作》、《江城子·乙卯正月二十日夜记梦》、《蝶恋花·春景》、《定风波》、《临江仙·夜归临皋》、《江城子·密州出猎》；

李清照：《声声慢》、《如梦令》（昨夜雨疏风骤）、《醉花阴》、《一剪梅》、《如梦令》（常记溪亭日暮）；

辛弃疾：《永遇乐·京口北固亭怀古》、《水龙吟·登建康赏心亭》、《菩萨蛮·书江西造口壁》、《破阵子·为陈同甫赋壮词以寄》、《青玉案·元夕》、《西江月·夜行黄沙道中》、《丑奴儿·书博山道中壁》、《西江月·遣兴》、《鹧鸪天·有客慨然谈功名因追念少年时事戏作》、《南乡子·登京口北固亭有怀》；

陆游：《卜算子·咏梅》、《诉衷情》、《鹊桥仙》（一竿风月）、《鹊桥仙》（华灯纵博）、《钗头凤》；

张元幹：《贺新郎·送胡邦衡待制》；

岳飞：《满江红·写怀》；

柳永：《雨霖铃》；

范仲淹：《渔家傲·秋思》；

秦观：《鹊桥仙》；

晏殊：《浣溪沙》；

陈亮：《水调歌头·送章德茂大卿使虏》。

开列了三十五首必诵宋词，忍不住，还想一鼓作气开列一些必诵宋诗。为什么会忍不住？因为这些宋诗实在很好。宋诗，可由陆游领衔，由文天祥压卷。

必诵宋诗十三首

陆游：《剑门道中遇微雨》、《示儿》、《秋夜将晓出篱门迎凉有感·其二》、《书愤》、《游山西村》；

苏东坡：《题西林壁》、《和子由渑池怀旧》、《惠崇春江晚景》；

王安石：《泊船瓜洲》；

李清照：《夏日绝句》；

朱熹：《观书有感》；

文天祥：《过零丁洋》、《正气歌》。

宋词和宋诗的“扩大记忆”部分我就不公布了，因为不想再占篇幅。好在，宋代之后，到了元明清，已经开列不出这么整饬的必诵篇目了。那几个朝代的文学风光，已经让给了戏剧和小说。

赤壁之劝

对苏东坡，我已经写得太多，说得太多。再说，连自己也不好意思了。

但是，忍不住，还想说几句。

苏东坡一生穿越过很多“州”：眉州、杭州、徐州、湖州、黄州、颍州、扬州、惠州、儋州、常州。但我最在意的，还是黄州。因为这是他受到首次沉重打击后的流放地，也是他终于成为中国顶级文豪的台阶所在。在黄州之前，能与他比肩的人还有几个，但在黄州之后，就很难找得到了。

黄州这个台阶，有一堵实实在在的巨大岩石叫赤壁，《念奴娇·赤壁怀古》就写的那个地方。

历史学家证明，赤壁之战不是在这里打的，苏东坡搞错了地方。我曾笑着说，如果曹操、诸葛亮、周瑜预先知道将有这么一首千古佳作，他们宁肯事先换一个地方来打，因为千古佳作远比任何一场战役重要。

那场真实的赤壁之战，在军事历史上只能排在第六排或第七排，却因为文学艺术，前移到了第一排。其实在民众心里，在乎的也不是历史真实，而是历史感慨。历史学家生气也没有用，因为在历史学上面，还有一种更伟岸的文化人类学，它站在苏东坡和江边万民一边。

此刻我倒要动用一下“历史真实”，说一个准确的日期。一〇八二年七月十六日夜间，苏东坡约了几个朋友，雇了一条船，又来到了赤壁之下。

江上风光很好，有一个客人吹起了洞箫。呜呜咽咽，如泣如诉。苏东坡问：“为什么吹成这样？”

吹箫的客人就说起了三国战事，感叹一代豪杰都无影无踪，像我们这样的蝼蚁之辈，虽有幻想却什么也得不到，只能把悲伤吐给秋风。

——这是世人常叹、诗人共感，但是苏东坡却要向这位吹箫的客人做出规劝，后来，又把这番规劝写入了《前赤壁赋》。

现代读者粗心，大多没有听懂苏东坡的规劝。但是，如果不仔细听一听那天夜晚他江上的声音，我们就不会明白他为什么在那么狼狈的流放地能够傲世独立而成为一代伟人。

苏东坡规劝的原文是：“客亦知夫水与月乎？逝者如斯，而未尝往也；盈虚者如彼，而卒莫消长也。盖将自其变者而观之，则天地曾不能以一瞬；自其不变者而观之，则物与我皆无尽也，而又何羡乎！且夫天地之间，物各有主，苟非吾之所有，虽一毫而莫取。惟江上之清风，与山间之明月，耳得之而为声，目遇之而成色，取之无禁，用之不竭。是造物者之无尽藏也，而吾与子之所共适。”

这段话虽然不长，却讲了两种哲学：“变”的哲学、“有”的哲学。

世人的伤心，诗人的愁思，都与这两种哲学有关。大多是叹息世事巨变，物是人非，由有而无，触目皆空。对此，苏东坡进行了开导。

他说的第一段，是“变”的哲学，我翻译了一下——

你也应该知道水和月的玄机吧？这水，看似日夜流走，其实一直存在；这月，看似阴晴圆缺，其实没有增减。从变化的角度看，天地之间瞬刻不同；但从不变的角度看，万物和我们都可以永恒。那又有什么好羡慕的呢？

他说的第二段，是“有”的哲学，我的翻译是——

天地万物各有所属，如果不是我们的，分毫都不该占取。只有江上的清风，山间的明月，经由我们的耳朵而成为声音，经由我们的眼睛而成为色彩，可以尽管取用，怎么也用不完。这是大自然的无穷宝藏，足供你我共享。

这两段哲理，经苏东坡安置在月夜赤壁之下，安置在美妙文辞之中，两番哲思也变得通俗易懂、赏心悦目。

你们不是抱怨世事巨变、物是人非吗？他举了水和月的例子，说明变而有存，变而有恒。既然我们和万物一样都无穷无尽，那又为什么要去羡慕别的所谓“不变”呢？

你们不是抱怨自己两手空空、一无所有吗？他说，你所没有的，本不属于你，分毫都不该占取。但是你非常富有，因为你拥有江上的清风、山间的明月，可以尽管取用，而且怎么也用不完。

苏东坡劝大家用生命融入山水大地的全部蕴藏。正是这种最博大的融入，驱逐了世上的你争我夺。

由此看来，《前赤壁赋》确实体现了佛家的基本含义。

《后赤壁赋》，则以道家思维进入象征。

这次同样是游赤壁，却爬到岩石上去了。种种描写，象征着“入世”的麻烦。请读今译——

我撩起衣服，踏上山岩，拨开茂草，蹲上形如虎豹的巨石，跨过状如虬龙的古木，攀及禽鸟筑巢的大树，俯瞰深幽难测的长江。两位客人跟不上我，便尖声长啸。他们的声音震动了草木，震荡着山谷，像一阵风，吹起了波浪。我突然忧伤，深感恐慌，觉得不能在这里停留。

这些话，借着黑夜攀岩，映射了人生。人生之险峻，人生之恐惧，人生之忧伤，全写到了。因此他希望离开，躲到自己的船中。

半夜中，看到一只孤鹤横空而过，入睡后才在梦中知道，那只孤鹤就是道士。

道家的孤鹤一出现，那些山岩、巨石、古木、大树都不可怕了，因为道家会把这一切超越。灵巧的飞动，嘲笑着江岩的顽固；银亮和白色，划破了浓重的夜色。

即使没有那首《念奴娇·赤壁怀古》，仅从两阕《赤壁赋》，我们也能断言苏东坡不会在黄州萎黄。

直到今天，赤壁之劝，还声声入耳。何谓中国人最向往的“达观”？请读赤壁两赋。

为何迟到

这个标题的口气，好像是在责问一个不守时的职工。其实，这里是在责问一种文化。它不仅迟到了，而且迟到了太长时间。多长？一千多年。

这迟到的文化，就是中国戏剧。

古希腊早在两千五百年前就有了永垂史册的悲剧，古印度早在两千年前就有了充分成熟的梵剧，中国本来在文化上什么也不缺，怎么就独独缺了戏剧？

不仅孔子、孟子没看过戏，屈原、曹操没看过戏，而且连李白、杜甫也没有看过戏，这实在太说不过去了。

有人也许会说，不就是少了一项娱乐活动吗，有那么严重吗？

非常严重。

现在有了电影、电视、网络视频，人们可能很少到剧场看戏了，但在文化发展的历史上，戏剧的有无，实在是一件天大的事。

为什么是天大的事？

你看，一般的艺术，要么动用视觉，像绘画和雕塑；要么动用听觉，像歌唱和奏乐；要么动用符号表述，像故事和诗歌。而戏剧，却把它们全都包罗了，综合了，交融了。这就是说，把人们的视觉系统、听觉系统、思维系统，全都调动起来了。观众不再以一个片断的人，而是以一个完整的人进入审美，这不仅是艺术史上的大事，也是人类史上的大事。

而且，戏剧的审美是一种群体审美，因此完整的个人又扩大为社会群体。无数观众在同一个空间里与创作者进行着及时反馈，世道人心毕现无遗，有时甚至以山呼海啸般的声势显示文明的步履……

这样的盛事、好事、大事，居然长期与中国无缘？

不管怎么说，这都太让人纳闷了。

我在三十年前写作《中国戏剧史》时，曾花极大精力研究这个问题，却相当于白手起家，因为前辈戏剧史家们都绕过了它。他们说，怎么可以在没有戏剧的地方研究戏剧？

我，恰恰要在没有戏剧的地方研究戏剧，研究它为什么没有。当然这很困难，必须调动戏剧学之外的大量人文科学和社会科学。

研究的成果相当艰深，有兴趣的朋友可以读一读我的《世界戏剧学》、《中国戏剧史》和《观众心理学》等学术著作，只不过都太厚了。如果要用最简单的语言来概括，那么，中国戏剧“迟到”一千多年，是出于两个原因——

一、中国人在生活上的“泛戏剧化”；

二、中国人在精神上的“非戏剧化”。

君子在生活上的“泛戏剧化”，是指重礼仪。孔子为礼仪的全面复兴奔波了一辈子，结果，中国也常常被称为“礼仪之邦”。细说起来，礼仪实在太复杂了。那是一整套“程式化的拟态表演”，从服饰、身段、动作、步态、声音、表情，都摆脱了日常举止而进入了一系列虚拟仪式，并在仪式中夸张、渲染、固化。简单说来，他们必须处处演戏、时时演戏。其实，“程式化的拟态表演”，就是戏剧的基本特征。这一来，戏剧艺术立身的界限模糊了。用美学语言来说，戏剧美在没有凝聚之前就四处散落，因此也难于凝聚了。如果要做个通俗的比喻，那就像，一个成天在吃大量零食的人，已经失去了对“正餐”的向往。

戏剧的“正餐”，应该包含比较激烈的矛盾对立和情节冲突，但在这一点上，“君子之道”又不配合了。“君子之道”要求“温良恭俭让”，这就从根本上贬斥了戏剧冲突。当冲突无可避免地出现时，“君子之道”要求用中庸、节制、互敬的方法来处理。那就是说，希腊悲剧中那种撕肝裂胆的呼号、怒不可遏的诅咒、惊心动魄的遭遇、扣人心弦的故事，都不符合儒家的精神规范。在精神规范上，儒家君子一直处于“非戏剧化”状态。

我这么一解释，大家也许都明白了，生活上的“泛戏剧化”和精神上的“非戏剧化”，从两方面阻止了戏剧的产生和发展。

这事对我这样的人来说，是一个大麻烦。因为我非常喜欢君子之道，又非常喜欢戏剧，但它们两家不和，走不在一起，该怎么办？

没想到，解决这个问题的，是一次天崩地裂般的改朝换代。

很多优秀的文化人都在用毕生精力阻止这个天崩地裂事件的发生，陆游、辛弃疾写了那么多催人泪下的诗词，文天祥还为之付出了生命。但是，一切还是发生了。

当然是文化灾难。然而正像历史不断显示的那样，灾难不仅是灾难。很多文化新天地，恰恰在山崩地裂中产生。

宋代终于灭亡。蒙古人的马队占领全国，元代开始了。新的统治者当然无法恭行儒家的礼仪，因此，处处都在生活中演戏的“泛戏剧化”习惯，散架了；他们长期在马背上冲击厮杀，君子们“温良恭俭让”的“非戏剧化”精神，也消解了。结果，阻碍戏剧艺术成长的两大因素，转眼就不存在了。

此外又出现两个辅助性因素。

第一，新的统治者不谙汉文，不亲典籍，却非常喜欢观赏歌舞演出和小品表演。于是，各路表演人才集中了。

第二，新的朝代废止了科举制度，中国文人无路可走，其中比较有艺术才情的一部分人就混迹于越来越火热的表演团体之中，为他们打造各种本子。于是，剧作家队伍形成了。

少了两个阻碍因素，多了两个辅助因素，戏剧艺术自然就蓬勃而起，一鸣冲天。

在天地宇宙的力学天平上，一种长久的失落，会引起强力反弹。中国在戏剧的事情上憋得太久远、太窝囊，于是在十三世纪“报仇雪恨”，全然平反。照王国维先生的说法，元剧已经可以进入世界坐标，而且毫无愧色。

于是，中国文化史中要增添一些名字了，例如关汉卿、王实甫、纪君祥、马致远……如果耐下性子再等一等，等到明清两代，那又会有汤显祖、洪昇、孔尚任、李渔等一大串名字出现了。

而且，戏剧的地位越来越高，连最有文化等级的君子们，也不得不刮目相看。且不说明代高层文化界对昆剧的百年痴迷，仅说元代的《窦娥冤》、《西厢记》、《赵氏孤儿》，就已经让大批君子顶礼膜拜了。金圣叹曾这样写道：

> 《西厢记》必须扫地读之。扫地读之者，不得存一点儿尘于胸中也。
>
> 《西厢记》必须焚香读之。焚香读之者，致其恭敬，以期鬼神之通之也。
>
> 《西厢记》必须对雪读之。对雪读之者，资其洁清也。
>
> 《西厢记》必须对花读之。对花读之者，助其娟丽也。
>
> 《西厢记》必须尽一日一夜一气读之。一气读之者，总揽其起尽也。
>
> 《西厢记》必须展半月一月之功精切读之。精切读之者，细寻其肤寸也。

文化史上还有哪些经典杰作，值得金圣叹这样目光甚高、绝不妥协的大才子如此恭敬？显然，戏剧在中国完全站住了脚。

——以上这篇短文，在内容上抵得上一大堆学术论文，我试着用松软的笔调来写，也算在散文写作上做了一个大胆的实验。大事可以小写，小写了仍不失其大；重事可以轻写，轻写了仍不失其重；难事可以易写，易写了仍不失其难；苦事可以趣写，趣写了仍不失其苦。这，也算是文章之道吧，倘若反过来，就不好了。

走向顽泼的君子

我说过，在元代，“君子之道”受到猛烈冲击，对文化未必是坏事。至少是扫除了戏剧成长的层层障碍，使中国文化弥补了历史的缺失。

但是，我必须立即补充：在万般冲击中，君子还在。他们在伤痕累累中改变着自己，顺便也改变了“君子之道”。

他们当然憎恨那些冲击文明的暴力，但是被冲击的文明为什么如此不堪一击呢？他们不能不对原先自称文明的架构提出了怀疑，并且快速寻找到了那些以虚假的套路剥夺健康生命力的负面传统。因此，在艰难的生存境遇中，他们首先要做的事情是撕破虚假，呼唤健康，哪怕做得有点鲁莽，有点变形，也在所不惜。

简单说来，他们走向了顽泼，成了顽泼的君子。

顽泼的君子还是君子，因为他们心存大道，明辨是非，立足创造。如果没有这一切，顽泼就会滑到无赖。其实在“君子之道”受到猛烈冲击的情况下，最容易滋生的恰恰是无赖。元代社会处处无赖猖獗，因此即便是“顽泼君子”，也是少数，而且是英勇的少数。

正是这个少数，扶住了中国文化的基脉。

我要引一段自述，来说明何谓“顽泼的君子”。自述者是关汉卿，元代戏剧艺术的领军人物。

> 我是个普天下郎君领袖，盖世界浪子班头。愿朱颜不改常依旧，花中消遣，酒内忘忧。……
>
> 我是个蒸不烂、煮不熟、捶不匾、炒不爆、响珰珰一粒铜豌豆。恁子弟每谁教你钻入他锄不断、斫不下、解不开、顿不脱、慢腾腾千层锦套头。我玩的是梁园月，饮的是东京酒，赏的是洛阳花，攀的是章台柳。我也会围棋，会蹴鞠，会打围，会插科，会歌舞，会吹弹，会咽作，会吟诗，会双陆。你便是落了我牙，歪了我嘴，瘸了我腿，折了我手，天赐与我这几般儿歹症候，尚兀自不肯休。则除是阎王亲自唤，神鬼自来勾，三魂归地府，七魄丧冥幽。天哪，那其间才不向烟花路儿上走！

也就是说，整个美好的世界，全部娱乐的技能，所有艺术的门类，自己都能随脚进入，不想离开。如果要用刻板的教条来衡量，来训斥，来惩罚，来折磨，那就全然拒绝，永不回头。

这是一个强悍的生态告示，把那些陈腐理念所要责骂的话，自己全先骂了，而且立即由反转正，成了自己的生活主张。由于那些陈腐理念根深蒂固又铺天盖地，他必须以强烈反抗的方式，把话说得夸张，说得决绝，说得不留余地，说得无可妥协。

这副劲头，我们后来曾在二十世纪欧洲现代派艺术浪子身上见到过，同样落拓不羁，同样口无遮拦，而背后蕴藏的，总是惊世才华、一代新作。

为此，我在担任上海戏剧学院院长期间，只要知道有的学生由于顽泼行为而面临处分，总是出面予以保护。因为我当时已经完成《中国戏剧史》的写作，熟悉关汉卿这样的人物。那些学生很可能没有出息，但我要守护某种依稀的可能性。

我发现，像关汉卿这样的艺术家一顽泼，对于社会恶势力，也就从针锋相对的敌视，转向居高临下的蔑视。由敌视到蔑视，是一个重大变化，只有少数人实现了。

顽泼的君子，已经不会从政治上寻找对手。如果把对方看成是政治上的对手，那就看高了他们。即便他们是高官和政客，也只看成是痞子和无赖。以顽泼浪子身份来面对痞子和无赖，他觉得才门当户对，针尖麦芒，接得上手。低层就低层，混斗就混斗，我们就是要在低层混斗中，把那样的恶人制服。

如果是正经君子，总会寻找高层对手，用知性话语来抨击对方的政治图谋。我想，如果陆游、辛弃疾、文天祥能活到元代，就会这么做。在关汉卿身边的同行里，也不失这样的正经君子。

例如，马致远故意把剧名定为《汉宫秋》，并在剧中反复强调一个“汉”字，这在汉人被奴役的时代，显然是一种高雅的“词语风骨”。

纪君祥把剧名定为《赵氏孤儿》，让人直接联想到刚刚灭亡的宋代皇姓就是“赵”，因此大家都称得上是“赵氏孤儿”。这儿有一种勇敢的“密码潜藏”，让人佩服。

但在关汉卿看来，暴虐的统治者既看不懂也不在乎这些文字游戏，如果只是以典雅的方式让自己解气，范围就太小了。因此，他寻找从整体上揭露痞子和无赖的方式。

他的《窦娥冤》，为什么能够“感天动地”？因为窦娥是民间底层一个只知平静度日的弱女子，没有任何理由遭到迫害，但迫害还是毫无逻辑、毫无缘由地来了，而且来得那么环环相扣，严丝合缝，昏天黑地。原因是，她生活在一个无赖的世界，上上下下全是无赖。

如果是政见之恶，那么，不管是哪一拨政客，总会有前后左右关系的制约，总会有利益集团的暗规，总会有关及身份的矜持和掩饰。但是，无赖没有这一切，没有制约，没有暗规，没有矜持，没有掩饰。这就是窦娥们所遭遇的“无逻辑恐怖”。

这正是关汉卿的杰出之处。他不仅仅是逐一揭露独裁专制、贪官当道、无赖横行、司法纵容，而且是综合成一个总体结论：整个社会就是一个无赖结构。

你看那对张家父子，居然要以“父子对”强娶“婆媳对”，又嫁祸于人；那个赛卢医，号称做过太医，不知医死了多少人却没有一天关门；那个审案的太守，把原告、被告都当“衣食父母”，一见就跪拜……总之，一切都在荒谬绝伦中进行。结果，面对死刑的窦娥居然连一个“加害者”都找不到，她只能责问天地了：

地也，你不分好歹何为地？天也，你错勘贤愚枉做天！

对于世间这么多无赖，关汉卿除了愤怒责问之外，觉得还应该用聪明的方法来处理一下。如果想象出一个包公来解气当然也可以，但关汉卿更主张用民间女性的慧黠来作弄一下，让那些无赖出出丑。于是，我们看到了《望江亭》和《救风尘》。

《望江亭》的女主角谭记儿太美丽了，居然让一个有权有势的花花太岁杨衙内虽未谋面就已经神魂颠倒，向皇上诬告谭记儿的丈夫，骗得了势剑、金牌、文书，前来捉拿。谭记儿看丈夫惊慌失措，便亲自行动了。她打扮成渔妇到杨衙内泊船的望江亭送鱼，贪杯又贪色的杨衙内见到如此美貌的渔妇方寸大乱、丑态百出。谭记儿边挑逗边把势剑、金牌、文书骗到手。第二天，杨衙内要提审谭记儿的丈夫时，自己反倒成了诈骗犯。

《救风尘》就更有趣了。妓女宋引章嫁给了花花公子官二代周舍，婚后受尽虐待却又无法脱离。小姐妹赵盼儿也是一个妓女，用风月手段狠狠地勾引和作弄周舍，终于骗得了“休书”而解救了宋引章。

这两个戏，都是由绝色美女向权贵无赖设套，其间的种种情节、语言都让观众畅怀大笑，笑美女的聪慧，笑无赖的愚蠢。在观众的笑声中，关汉卿完成了对无赖世界的局部战胜。

靠着美女战胜，甚至靠着妓女战胜，靠着计谋、色相、调情、诱惑、欺诈、骗取、逃遁来战胜——这样的手段还合乎“君子之道”吗？这就要着眼于彼方的邪恶和此方的正义了。以正义的目的而采用非君子的手段来制服邪恶，正符合“君子之道”的本原价值。如果不符合，那么，要修改的应该是“君子之道”了。

用非君子的手段来制服邪恶，让君子获得安全和欢乐，又让剧场里的大量君子在欢笑中产生信心，这有什么不好？

这又牵涉到喜剧与悲剧的区别了。悲剧的灵魂是责问，喜剧的灵魂是笑声。这么黑暗的世道还笑得出来？对，这就是艺术的力量，高于世道，俯视世道，调戏世道，在精神上收拾世道。

关汉卿是一个完整意义上的戏剧家，大悲大喜，都出自他的手笔。然而，在中国文化人格的推进上，我更看重他以顽泼的心态营造喜剧的那一面。

君子走向顽泼，也让“君子之道”推进了一大步。

王阳明的生命宣言

王阳明的影响力之大，令人吃惊。

他有很多学生，后来还分成了不同的学派，其中有几位还颇为出名。这种情况，在其他大学者中还能约略找到几个。但是，下面的情况，只能属于他一个人了——

明代灭亡后，不止一个智者说过：如果王阳明还在，这个朝代就不会这样了。

日本著名将军东乡平八郎并不是学者，却写了一条终生崇拜王阳明的腰带，天天系在身上。

蒋介石败退台湾，前思后想，把原来的草山改名为阳明山。

王阳明是我家乡余姚人，当地恭敬地重修了故居，建立了纪念馆。但是，全国凡是他活动过的地方，都在隆重纪念，而且发起了一次次“联动纪念”。

……

——这种盛况，完全超出了人们的正常想象。前不久我在电视上看到贵州对他的纪念典礼，参加人数之多、延续时间之长、仪式规模之大，让我瞠目结舌。

当然，他是明代一位杰出的哲学家，但中国绝大多数民众历来对哲学家兴趣不大。事实上，除他之外也没有另外一位哲学家享此殊荣，包括远比他更经典、更重要的老子在内。很多朋友出于好奇，去钻研一部部中国哲学史，仍然没有找到原因。

在哲学史上，他并不是横空出世的孤峰。他的一些基本观念，并非首创，例如比他早三百多年的陆九渊也曾有过深刻的论述。在宋明理学的整体流域中，还有周敦颐、张载、程颢、程颐、朱熹、薛瑄、胡居仁、陈献章等一座座夺目的航标。总之，如果纯粹以哲学家的方位来衡量王阳明，他就不会像现在这样耀眼。

而且，按照学术惯例，要安顿这样一个哲学家，一定还会发现他在某些理论范畴如心、理、意、物、事、无、本等概念上的不周全。读者如果陷入相关的讨论，很快就会头昏脑涨。在头昏脑涨中，还怎么来崇拜他呢?

因此，王阳明产生如此巨大的影响，一定还有超越哲学史的原因。

有些历史学家认为，他善于打仗，江西平叛，却又频遭冤屈，这个经历提高了他的知名度。

当然，这一些都很重要，也很不容易。但细算起来，他打的仗并不太大，他受的冤屈也不算太重。而且这些事情还不像歼灭外寇、勇抗巨奸那样容易让朝野激动。

我认为，王阳明的最大魅力，在于把自己的哲思和经历，变成了一个生命宣言。这个生命宣言的主旨很明确，是做一个有良知的行动者。

一般说来，多数君子并不是行动者，多数行动者不在乎良知。这两种偏侧，中国人早已看惯，却又无可奈何。突然有人断言，一个人的生命可以克服这两种偏侧，达到两相完满，这就不能不让大家精神一振了。

而且，他提出的行动是重大行动，他提出的良知是普遍良知，两方面都巍然挺拔。他自己，又是一个重量级的学者兼重量级的将军，使这种断言具有了“现身说法”的雄辩之力。

不仅如此，他还以一个哲学家的分析能力和概括能力，把这种断言付之于简洁明了的表达。于是，“断言”也就变成了“宣言”。

这既不是哲学宣言，也不是军事宣言，而是有关如何做人的宣言，也就是人生宣言。这样的人生宣言在历史上很少出现，当然会对天下君子产生巨大的吸引力。

在王阳明看来，一个有良知的行动者，已经不是一般的君子，而是叩开了圣人之门。因此，这个宣言也就成了入圣的宣言。这一点，对于一切成功或失败的大人物，也都形成了强大的磁铁效应。

至此，我可能已经实现了自己的一个心愿，那就是解析王阳明产生巨大影响的主要原因。

接下来，就要具体论述他的人生宣言了。

一共只有三条。

第一条：“心即是理”。

不管哲学研究者们怎么分析，我们从人生宣言的层面，对这四个字有更广泛的理解。

天下一切大道理，只有经过我们的心，发自我们的心，依凭我们的心，才站得住。那些无法由人心来感受、来意会、来接受的“理”，都不是真正的理，不应该存在。因此王阳明说，“心外无理”，“心即是理”，理是心的“条理”。

这一来，一切传统的、刻板的、空泛的、强加的大道理都失去了权威地位，它们之中若有一些片段要想存活，那就必须经过心的测验和认领。

王阳明并不反对人类社会需要普遍道德法则，但是这种普遍道德法则太容易被统治者和权势者歪曲、改写、裁切了。即使保持了一些经典话语，也容易因他们而僵化、衰老、朽残。因此，他把道德法则引向内心，成为内在法则，让心尺来衡量，让心筛来过滤，让心防来剔除，让心泉来灌溉。对理是这样，对事也是这样。

他所说的“心”，既是个人之心，也是众人之心。他认为由天下之心所捧持的理，才是天理。

有人一定会说，把一切归于一心，是不是把世界缩小了？其实，这恰恰是把人心大大开拓了。把天理大道、万事万物都装进心里，这就出现了一个无所不能、无远弗届的伟大圣人的心襟。

试想，如果理在心外，人们要逐一领教物理、学理、地理、生理、兵理、文理，在短短一生中，那又怎么轮得过来？怎么能成为王阳明这样没有进过任何专业学校却能事事精通的全才？

在江西平叛时，那么多军情、地形、火器、补给、车马、船载等专业需求日夜涌来，而兵法、韬略、舆情、朝规、军令又必须时时取用，他只有把内心当作一个无限量的仓库，才能应付裕如。查什么书？问什么人？都来不及，也没有用，唯一的办法，是从心里找活路。

于是，像奇迹一般，百理皆通，全盘皆活。百理在何处相通？在心间。

由此可见，“心即是理”，是一个极为重要的人生宣言。

依凭着这样的人生宣言，我们看到，一批批“有心人”离开了空洞的教条，去从事一些让自己和他人都能“入心”的事情。

第二条：“致良知”。

心，为什么能够成为百理万事的出发点？因为它埋藏着良知。

良知，是人之为人、与生俱来的道德意识，不学、不虑就已存在。良知主要表现为一种直觉的是非判断和由此产生的好恶之心。

王阳明还认为，他所说的良知很大，没有时空限制。他说——

> 自圣人以至凡人，自一人之心以达四海之远，自千古之前以至于万代之后，无有不同。是良知也者，是所谓天下之大本也。
>
> （《书朱守谐卷》）

把超越时空、超越不同人群的道德原则，看成是“天下之大本”，这很符合康德和世界上很多高层思想家的论断。所不同的是，“良知”的学说包含着“与生俱来”的性质，因此也是对人性的最高肯定。

良知藏在心底，“天下之大本”藏在心底，而且藏在一切人的心底，藏在“自圣人以至凡人”的心底。这种思维高度，让我们产生三种乐观：一是对人类整体的乐观，二是对道德原则的乐观，三是对个人心力的乐观。

把这三种乐观连在一起，也就形成了以个人之心来普及天下良知的信心。

把“致良知”作为目标的君子，遇到困难就不会怨天尤人，而只会觉得自己致良知的功夫尚未抵达，才会出现种种负面现象。负面越大，责任越重。这样，他一定是一个因善良而乐观、为善良而负责的人。

在这个问题上，王阳明曾经在天泉桥上概括了四句话：

> 无善无恶心之体，
> 有善有恶意之动。
> 知善知恶是良知，
> 为善去恶是格物。

从浑然无染的本体出发，进入“有善有恶”、“知善知恶”的人生，然后就要凭着良知来规范事物（格物）了，这就必须让自己成为一个行动者。于是有了人生宣言的第三条。

第三条：“知行合一”。

与一般君子不同，王阳明完全不讨论“知”和“行”谁先谁后、谁重谁轻、谁主谁次、谁本谁末的问题，而只是一个劲儿呼吁：行动，行动，行动！

他认为，“知”和“行”并不存在彼此独立的关系，而是两者本为一体，不可割裂。他说，“知是行之始，行是知之成”，“未有知而不能行者，知而不行只是未知”。

对这个判断，我需要略做解释。

“未有知而不能行者”。我们在日常工作中总是说：“我知道事情该那样办，但是行不通。”王阳明说，既然行不通，就证明你不知道事情该怎么办。因此，在王阳明那儿，能不能行得通，是判断“知否”的基本标准。他本人在似乎完全办不到的情况下办成了那么多事，就是不受预定的“知”所束缚，只把眼睛盯住“行”的前沿，“行”的状态。他认为，“行”是唯一的发言者。

王阳明不仅没有给那些不准备付之于行的“知”留出空间，而且也没有给那些在“行”之前过于扬扬自得的“知”让出地位。这让我们颇感痛快，因为平日见到的大言不惭的策划、顾问、研讨、方案实在太多，见到的慷慨激昂的会议、报告、演讲、文件更多得无可计算。有的官员也在批评“文山会海”、“空谈误国”，但批评仍然是以会议的方式进行的，会议中讨论空谈之过，使空谈又增加了一成。

其实大家也在心中暗想：既然你们“知”之甚多，为何不能“行”之一二？王阳明让大家明白，他们无行，只因为他们无知；他们未行，只因为他们未知。

为此，我曾明确地告诫学生：最好不要多听那些“文艺评论家”的长篇大论。转头我又会笑问那些“文艺评论家”：你们从来连一篇小说也没有写过，连一篇散文也没有写过，连一首诗也没有写过，何以多年来一遍又一遍地教导别人怎么创作？如果你们还想深入文艺，那就动手吧，先创作几句短诗也好。

一定有人怀疑：重在行动，那么由谁指引？前面说了，由内心指引，由良知指引。这内心，足以包罗世界；这良知，足以接通天下。因此，完全可以放手行动，不必有丝毫犹豫。

说了这三点，我们是否已经大致了解一个有良知的行动者的生命宣言？与一般的哲学观点不同，这三点，都有一个明确的主体：我的内心、我的良知、我的行动。这个稳定的主体，就组合成了一个中心课题：我该如何度过人生？这个课题，当然能吸引一切人。王阳明既提出了问题，又提供了答案，不能不让人心动。

因此，王阳明的影响力，还会延续百年、千年。

虽然意蕴丰厚，但王阳明词句却是那么简洁——“心即是理”、“致良知”、“知行合一”，一共才十一个汉字。

三剑客

明清两代长达五百四十多年，中国文化在整体上走了一条下行的路，文化气氛一直比较郁闷。在郁闷的气氛下，文化人格的整体水平会急剧下降，不少文化人会沦为犬儒、文痞、文渣，多数文化人会成为得过且过、装模作样、吟风弄月的平庸雅士。但是，越是在这样的情况下，又越能出现一种特别响亮的人格典型。这有点像伦勃朗的油画，背景越黑，人物形象越是鲜明。

那些在屠刀边上的魏晋名士，那些在“安史之乱”中的唐代诗人，那些在南宋战火中的不屈灵魂，全都敢于站在生死血泊前高声咏唱，而且都一唱而成为千年大家。正是这种集体人格的奇迹，让我一次次为中国文化自豪。

现在，又忍不住要介绍三个非常了不起的典型了，我先不说他们的名字，只说他们的几个共同特征。

第一，他们都对中国社会和历史做出了特别深刻的反思；

第二，他们都在改朝换代之际亲自参与了实际战斗；

第三，他们都是博通古今的顶级大学者，成为后世学术的开启者；

第四，他们“读万卷书，行万里路”，长期奔波在山川大地之间。

这四个特征，拥有其中一项就极不容易，要四项具备，那实在是凤毛麟角了。但是，在中国的十七世纪，居然同时出现了三位，这实在会让古今中外都叹为观止。

更特别的是，他们彼此的年龄十分接近，相差不超过十岁。

相同的年龄使他们遇到了相同的历史悖论。大明王朝已经气息奄奄，而造成这个结果的祸根，却是远远超越明朝的根本性弊病。因此，几乎同时，他们拔出了佩在腰间的精神长剑。

这实在是出现在中国文化黄昏地平线上的“三剑客”，斗篷飘飘，拂动着万里天光。

现在我可以公布他们的名字了。那就是：黄宗羲、顾炎武、王夫之。社会上对他们还有一些习惯称呼，黄宗羲又叫黄梨洲，顾炎武又叫顾亭林，王夫之又叫王船山。

先说黄宗羲，因为他稍稍年长一点，比顾炎武大三岁，比王夫之大九岁。

黄宗羲不到二十岁就已经名震朝野，不是因为科举诗文，而是因为他在北京公堂上的一个暴力行动，或者说，一个复仇行动。

原来，在黄宗羲十七岁那年，他父亲黄尊素被朝廷中的魏忠贤奸党所害，死得很惨，他祖父就在他经常出入的地方写下莫忘勾践的句子贴在那里，提醒他不能忘了复仇。第二年，冤案平反，奸党受审，黄宗羲来到刑部的会审现场，拿出藏在身上的锥子，向着罪大恶极的官吏许显纯、崔应元等猛刺，血流满地。这个情景把在场的审判官员都吓坏了，但他们并没有立即阻止，可见那些被刺的官吏实在是朝野共愤。而那个首先被刺的许显纯，还是万历皇后的外甥。当堂行刺之后，黄宗羲连那些直接对父亲施虐的狱卒也没有放过。做完这些事情，他又召集其他当年屈死忠魂的子女，举行祭奠父辈的仪式。凄厉的哭声传入宫廷，把皇帝都感动了。

据历史记载，这件事情之后，"姚江黄孝子之名震天下"。为什么说是"姚江黄孝子"呢？因为，他也与王阳明先生一样，都是我小小的家乡余姚人。

家乡的地理位置，证明他是一个典型的"江南文人"。但是，他在北京朝堂之上的举动，太不像人们对"江南文人"的印象了。这似乎应该是"燕赵猛士"、"关西大汉"、"齐鲁英豪"所做的事，但做得最透彻的却是他。大家还记得他祖父贴在墙上的字吗？要他莫忘勾践，而勾践，恰恰让那一带成了历史上最经典的"报仇雪恨之乡"。因此，大家实在应该改变一下传统印象。

黄宗羲并没有停留在为父报仇的义举上，后来还曾亲身参加过反清战斗。面对浩荡南下的清军，他曾与两个弟弟一起，毁弃家产，集合了家乡子弟六百余人组成义军，与其他反清武装一起战斗，黄宗羲还指挥过"火攻营"。兵败后率残部五百余人进入四明山，后又失败，遭到通缉。直到南明政权覆亡，黄宗羲才转向著作和讲学。

黄宗羲的讲学活动，从五十四岁一直延续到七十岁，创建了赫赫有名的浙东学派，一反学术文化界流行的空谈学风，主张"经世致用"，培养出了一大批在经学、史学、文学，以及天文、地理、六书、九章等领域的大学者。我曾在《姚江文化史》的序言中写道，从王阳明到黄宗羲，再到黄宗羲的学生万斯同、全祖望、邵晋涵、章学诚等一代大师，当时小小姚江所承载的文化浓度，已经超过了黄河、长江。

他的学说，严厉论述君主专制体制乃天下唯一之大害，是世人之“寇仇”，主张以“天下之法”来代替。为了证明自己的观点，他还重新梳理了宋、元、明三代的思想文化流脉，文笔间显现出气魄宏伟的学术深度。这还不算，在七十岁之后，他停止讲学，专门从事著书立说。结果，他毕生的著作可谓经天纬地。例如大家都知道的《明夷待访录》、《明儒学案》、《宋元学案》、《明文案》、《南雷文案》、《今水经》、《勾股图说》、《测圆要义》等等，后面三种，已属于自然科学著作。总计起来，他的著作多达一千三百多卷，两千万字以上。如果用当时木刻版的线装本一函一函地叠放在一起，简直是一个庞大的著作林。

这么一位大学者，引起了康熙皇帝的重视。康熙皇帝当然知道他曾经武装组织反清，还遭到通缉，但康熙皇帝毕竟是康熙皇帝，只看重他作为大学者的身份，以及他背后的汉文化，完全不在乎他与朝廷武装对立的往事。康熙皇帝搜集黄宗羲的著作，读得很认真。

黄宗羲作为中国文化的顶级代表，一直活到八十五岁高龄。这在当时，算是罕见的长寿了。就在临死前四天，他给自己的孙女婿写了一段告别人世、迎接死亡的话，很有趣味。我发现别的书里很少提及，就把它翻译成了现代白话。黄宗羲说——

总之，可以死了。

第一，年龄到了，可以死了；

第二，回顾一生，说不上什么大善，却也没有劣迹，因此，可以死了；

第三，面对前辈，当然还可以做点什么，却也没有任何抱歉，因此，可以死了；

第四，一生著作，虽然不一定每本都会流传，却也不在任何古代名家之下，因此，可以死了。

有了这四个“可以死了”的理由，死，也就不苦了。

可见，他在生命的最后时刻，思维还非常清晰，并由清晰走向了超脱。一个八十五岁的老人能亲笔留下这么一篇自我了断的文字，实在让人羡慕。

他说自己一生的著作不在任何古代名家之下，好像口气有点大，但仔细一想，并不错。历史上，有哪一位古代学者，既拥有如此浩大的著作量，又全都达到高峰的呢？确实没有。可以一比的，是两位“司马”，也就是司马迁和司马光，但是，黄宗羲毕竟比他们多见识了那么长的岁月，因此对历史的横向断代分析和纵向专题分析，都超越了他们。

黄宗羲在临终前悄悄告诉孙辈的这段话，不想发表，只是默默自语。这情景，就像一座寂寞的孤峰向身边的一朵白云轻声笑了一下。

“三剑客”的第二名顾炎武，是江苏昆山人。昆山本来有一个亭林湖，所以大家都尊称他为亭林先生。现在昆山有一个亭林公园，那就完全是纪念他的了。他具体的家乡，在昆山一个叫“千灯”的地方。

千灯，似乎是在一片黑夜中的遍地星斗，这是多么有诗意的地名。那里有他的故居和坟墓，大家旅行时如果到了昆山、苏州、周庄，可以弯过去看一看。

顾炎武对黄宗羲评价很高，他在读完黄宗羲的《明夷待访录》后曾写信给黄宗羲，说："您的书我读之再三，才知道天下并非无人，才知道中国可以在历朝的阴影中复兴。"他又告诉黄宗羲，自己著了《日知录》一书，其中观点，与他不谋而合的，有六七成。

顾炎武虽然那么高地评价了黄宗羲，但在我看来，他却有三方面，超越了黄宗羲。

第一方面，他在信中提到的《日知录》，在中国知识界影响极大。书中所论述的"天下兴亡，匹夫有责"的观念，在中国的文化界人人皆知，并广泛在民间传扬。相比之下包括黄宗羲在内的其他学者，都没有留下这种能够感染全社会的思想片段。

第二方面，他在《日知录》、《天下郡国利病书》、《肇域志》、《音学五书》、《韵补正》等著作中，对历史、典制、政治、哲学、文学、天文、地理、经济、军事等各方面的创见，全都言必有据、疏通源流、朴实无华，成为后来乾嘉学者建立考据学的源头。乾嘉考据学也就是"朴学"，使中国历史文化受到了一次大规模的清理、纠错、疏通，功劳很大，而顾炎武应荣居首位，理所当然地受到后代一批批饱学之士的虔诚敬仰。

第三方面，他的路，比黄宗羲走得更远。他化了名，带着两匹马、两匹骡，驮着一些书籍，走遍了山东、河北、山西、陕西、甘肃等地，一边寻找自己未读之书，一边考察山川地理、风土人情。他还特意考察了山海关、居庸关、古北口、昌黎、蓟州等战略要地，询问退休的老兵，探索宋代以来的兵阵结构以及败亡的原因。这也是当时其他优秀知识分子所未曾做到的。

与黄宗羲一样，顾炎武早年有抗清的背景。家乡昆山在抗清时，死难四万余人。顾炎武的两个弟弟被杀，生母重伤，嗣母绝食而死。顾炎武一直与反清武装保持着秘密联系，因此遭人告发，被拘留，被击伤。直到目睹反清无望，才投身于旅行考察和学术研究。

我本人对顾炎武最为迷醉的，是他在长途苦旅时的生命状态。他骑在马背上，一直由沿途所见所闻对比着古代经典。他记性好，很多经典都能默诵出来。有时几句话忘了，就下马，从那匹骡子驮着的书袋中找到原文来核查。这种在山川半道上核查书籍的情景，令我十分神往。他有一句诗，叫作“常将汉书挂牛角”。把一部《汉书》挂在牛角上，这牛也就成了一个移动图书馆，这人也就成了一个没有终点的旅行者。那么，此时此刻的中国文化，正与一个伟大灵魂一起，在山川间流浪。

记得二十年前香港凤凰卫视的台长王纪言先生找到我，希望由我任嘉宾主持，来考察世界各大古文明遗址。我要面对一个个陌生的遗址，天天在镜头前讲述。王台长说，他们准备在国内为我设立一个由一群博士生组成的资料秘书组，每天通过网络电讯传送我所需要的当地材料。我立即拒绝了，说：“最重要的是现场发现。”

我在说这话的时候，想到的就是顾炎武，他身后也没有秘书班子。他不是用书来证明路，而是让路来反证书。我因为走到了全世界最荒昧的地区，更是无书可寻。因此，只要有人问我书和路的关系，我总是说没有关系，因为我的路，就是我的书。

顾炎武最后在山西曲沃骑马时失足坠地而结束生命。这真是一个毕生的旅行者，连死都死在半路，死在马下。

我去昆山的顾炎武故居，总会默默地念叨：这正是你万里行途天天思念的地方，但是，你已命定，只能把人生的句点，画在遥远的半路上。

“三剑客”的第三名王夫之是湖南衡阳人。他与黄宗羲、顾炎武一样，一直在改朝换代之机寻找着抗清复明的机会，屡屡碰壁，满心郁愤。他一次次长途奔走，例如在酷暑中到湘阴，调解反清武装力量内部的矛盾，后来又向辰溪、沅陵一带出发，试图参加反清队伍，只不过没走通。他甚至在清政权建立后参加过“衡山起义”，溃败而脱逃。后来，他看到反清复明已经无望，而反清的队伍内部又矛盾重重，就改名换衣，自称瑶人，独自讲学和著作。

王夫之对社会历史的批判，与黄宗羲、顾炎武很接近，例如他提出：“一姓之兴亡，私也；而生民之生死，公也。”因此要论天下，“必循天下之公”，这也同样是对专制君主制提出了明确否定。在批判儒家的理学和心学上，他可能比黄宗羲和顾炎武更彻底。

但是，我的这篇文章已经写得太长了，大大突破了原先只想写一篇短文的计划，因此只能委屈这第三位剑客，点到为止了。以后有机会再专门写写他，特别是他关于“气”高于“理”的观点，就深合我意，能写出一篇长文来。

王夫之遇到的致命障碍，也与“三剑客”里的其他两位一样。

第一，他们为社会看病、把脉，把病情说得很准，但找不到医病的药方。他们也开了一些药方，却不知道药从哪里找、怎么配、怎么吃。

第二，他们承担了启蒙的责任，但找不到真正的“被启蒙者”。他们也有不少读者，但与全社会的整体启蒙，还有漫长的距离。

前不久，王夫之的家乡湖南衡阳，要建造一幢高大壮丽的楼宇来纪念他，当地很多文人学者选来选去，选中我为“夫之楼”题名。我在接到邀请的三天之内，就写了“夫之楼”三字送去。很快就有照片传来，夫之楼确实造得非常雄伟，中间牌匾上刻着的，正是我的那三个字。这也就让我表达了对这位杰出思想家的崇拜。

由此我产生一个小小的联想，山西和陕西的朋友，能不能再考证一下，找到顾炎武跌马而亡的地方，为他立一个塑像？塑像上，可以刻下他的名言“天下兴亡，匹夫有责”。他因为胸怀天下，才远离故乡死在这里。

记得在欧洲，但丁的家乡佛罗伦萨一直想把但丁的墓从他的逝世地迁回。逝世地在哪里？在佛罗伦萨东北部的城市拉韦纳。但是，拉韦纳坚决不同意把但丁墓迁走，只允许故乡佛罗伦萨在墓前点一盏长明灯，灯油由佛罗伦萨提供，来表示故乡没有留住这位大师的抱歉。因此我建议，只要是中国文化第一流巨人留下脚印的地方，都应该表示一个看得见的态度。这就可以让他们的漫漫苦旅，变成中国文化的一线景观。

在这“三剑客”之后，中国的精神思想领域，就很难找到这样的血性男儿了。在他们身后，清代出现过“康雍乾盛世”，却还是无法阻挡地陷入了文明衰世。当然，即便是那个“盛世”，也不是黄宗羲、顾炎武、王夫之他们愿意看到的模样。“文字狱”变本加厉，言论自由被全面扼杀，再有学问的文人学士，也只能投身在考据学中整理古籍，或者参与国家级的“文化盛典”《古今图书集成》、《四库全书》的编修。这种文化工程当然也很有意义，但在整体文化趋向上，已陷入“以保守取代创新”、“以国粹对峙世界”的迷途。结果，在“三剑客”相继谢世的一个半世纪之后，整个中华民族和中国文化，几乎遭受了灭顶之灾。直到以鸦片战争为标志的千年败局终于横亘在眼前的时候，我想，“三剑客”的英魂都在悲呼长啸。

“三剑客”的余风，投射到这场历史性灾难的前后，就出现了一些新的名字，例如龚自珍、林则徐、魏源。他们的诗句和著作振聋发聩，甚至对日本的明治维新也起到了推动作用，但在中国朝野，基本上没有接受他们。他们苍凉的呼吁，飘散在混乱的枪炮声中。再过半个世纪，人们才又关注到精神思想领域的另一些响亮名字，那就是康有为、梁启超、谭嗣同、严复、章太炎、孙中山、陈独秀、胡适、鲁迅。这是一群新的文化剑客，他们拼尽全力，要把中国拔离出陈腐、专制的老路。他们秉持独立而又自由的思想人格，焕发着纵横天下的壮士之风，今天想来还由衷敬佩。

古典小说问答

元明清时代的文学风光，已经让给了戏剧、小说。这些作品的体量都很大，就像是一重重山丘，不管是攀越它们还是环绕它们，都要花不少时间。而且远远看去，在攀越和环绕的人已经很多，我们还要加入进去吗？

我不反对年轻朋友进去一会儿，但不赞成沉陷在里边。因此，作为一个过来人，要在山口的坡台上提示几句，让他们从容地进去，从容地出来。

这种提示，不是讲解，不是导游，因此越简短越好。记得我在北京大学讲授“中国文化史”课程时，与各系学生有一个“闪问闪答”的环节，学生的提问和我的回答，都像闪电一样快速简短。后来，根据讲课记录整理出版的《北大授课》，不管是海内外的哪一种版本，最受读者欢迎的总是“闪问闪答”部分。

很想以“闪问闪答”的风格来对付长篇作品。但是，由于那些作品包含的问题很复杂，几经试验，都难于“闪答”，而只能“短答”。

这种“短答”，当然会被很多专家看到，因此要短而准确，很不容易。

那就试试吧，请了五位年轻朋友设计了“短问”。

短问：中国四部古典小说，产生的时间顺序如何排列？文化的等级顺序又如何排列？

短答：时间顺序是《三国演义》、《水浒传》、《西游记》、《红楼梦》。很巧，文化的等级顺序也这样排列，一阶阶由低到高。

短问：那就先问第一台阶，《三国演义》。您认为这部历史小说的文化价值何在？

短答：第一次以长篇故事和鲜明人物，强烈地普及了最正宗的"中国观念"，即大奸、大义、大智。大奸是曹操，大义是关羽，大智是诸葛亮。这种普及，社会影响巨大。

短问：那么《水浒传》呢？

短答：与正宗观念反着来了，"流寇"被看作了英雄，认为他们是在"替天行道"，这就颠覆了皇权思维所固守的天理和道统。英雄人物武松、鲁智深、李逵、林冲写得很生动。宋江则是一个在"江湖道德"和"正统道德"之间的徘徊者。

短问：金圣叹为什么把聚义之后的情节砍了？

短答：砍得好。英雄们上山了，施耐庵就下不了山了。一个总体行动已经结束，他无法继续，只能硬拖。

短问：您觉得英雄上山后，小说还能写下去吗？

短答：能。更换一个方位，加上悲剧意识和宗教意识。我有过几个具体设想，这儿就不说了。

短问：难道闹闹腾腾的《西游记》也算上了一个台阶？

短答：对。《西游记》出现了一种寓言式的象征结构，这在小说中很是难得。鲁迅说它“实出于游戏”，我不同意。

短问：有哪些象征？

短答：第一象征是，自由本性，纵横天地，必受禁锢；第二象征是，八十一难，大同小异，终能战胜；第三象征是，师徒四人，黄金搭配，处处可见。

短问：终于要面对《红楼梦》了。我们耳边，有红学家们的万千声浪，您能用一句话来概括这部小说的意涵吗？

短答：这部小说通过写实和象征，探寻了人性美的精致存在和幻灭过程。

短问：在小说艺术上您最赞叹它哪一个方面？

短答：以极为恢宏的大结构，写出了五百多个人物，其中宝黛、王熙凤、晴雯可谓千古绝笔。这么多人物又分别印证了大结构的大走向，那就是大幻灭。

短问：红学家们对作者曹雪芹的家族有大量研究，您能用最简单的语言说两句吗？

短答：在清代“康雍乾盛世”中，曹家在康熙初年发达，雍正初年被查，乾隆初年破落。曹雪芹过了十三年的贵族生活后，辛苦流离。三十八岁开始写这本书，四十八岁就去世了。

短问：您曾多次论述，这四部小说不能并列，因为《红楼梦》高出太多，是吗？

短答：是的。

短问：除了这四部，还有几部小说也比较著名，您能约略说几句吗，例如《金瓶梅》？

短答：《金瓶梅》很重要。《三国演义》中的历史人物、《水浒传》中的英雄好汉、《西游记》中的神仙鬼怪都不见了，只写日常市民，这些人也没有像样的故事，因此情节淡化。这样的作品当然不会来自说唱艺术，是一部由文人独立创作的小说。

短问：内容有意义吗？

短答：有。它表现了暴发商人如何让传统社会结构崩塌，崩塌时看不到一个好人。

短问：《金瓶梅》后来最受诟病的，是露骨的色情描写。这种诟病是否出自封建保守思想？

短答：文学天地很大，色情描写应该容忍。不怕露骨，只怕粗鄙。

《金瓶梅》在这方面粗鄙了，甚至肮脏了，跌破了美学的最后底线，因此很难为它辩护。

短问：还有一本短篇小说集影响也很大，《聊斋志异》。这本书内容很杂，又荒诞不经，为什么会这么出名？

短答：《聊斋志异》的各种故事中，有一抹最亮眼的异色，那就是狐仙和人的恋爱。很多读者都把这些狐仙看作了幻想中的恋人，因为她们生气勃勃，非常主动，机智任性，无视规矩，这是人世间的女友很难具备的。

短问：您是说，这些故事突破了现实题材的各种限制？

短答：要弥补现实，当然必须突破现实。一突破，连情节都变得艳丽奇谲、不可思议了。于是，一种特殊而陌生的美，压过了恐惧心理。为了美，人们宁肯拥抱不安全。为什么戏曲、电影都喜欢在《聊斋志异》中取材？因为它在弥补现实的同时，也弥补了艺术。

短问：您的回答已经开始有点长了，要不要继续下去？

短答：一长就违背了我们的约定，那就结束吧。

——以上，就是有关中国古典小说的“短问短答”记录。

一部部厚厚的小说，竟然用这么简洁的语言来评说，似乎包含着一种故意的逆反心理。这也有好处，通过远视、俯视、扫视，我们发现了这些文学丘壑的灵窍所在。如果反过来，采用近视、逼视、久视，很容易一叶障目。

正是在匆匆扫视中我们发现，仅仅这几部小说，也都在不长的时间里一一完成了勇敢的文化背叛。《三国演义》首先以浩荡的情节和鲜明的形象，翻转了历来儒家的道义传扬方式；《水浒传》则以一座梁山，反叛了三国道义；到了《西游记》，一座梁山已经不够玩的了，从花果山、天宫到一个个魔窟，都是孙悟空反叛的连绵梁山；《金瓶梅》反叛三国型、水浒型、西游型的各类英雄，以彻底非英雄化的平民腐烂方式，让人别开眼界；《聊斋志异》则把人间全都反叛了，送来夜半狐仙的爽朗笑声；《红楼梦》的反叛就更大，把繁华、人伦、情爱，全都疑惑地置之其内，又决然地拔身而去……

由此可见，创造就是反叛，反叛得有理有据，又有声有色。如果把文化创造仅仅看成是顺向继承，那一定是艺术生命的“穷途”，会让那么多英雄和非英雄、那么多人杰和鬼魅，都嗷嗷大叫。

正是在一层层反叛的过程中，艺术创造日新月异。你看，仅仅这几部小说，仅仅在人物塑造上，《三国演义》的类型化，《水浒传》的典型化，《西游记》的寓言化，《金瓶梅》的群氓化，《聊斋志异》的妖仙化，实在是琳琅满目，更不必说《红楼梦》在幻灭祭仪中的整体诗化了。

面对如许美景，我们不能不心生敬佩。与欧洲艺术界形成一个个流派不同，中国的这些小说作家没有流派，而是一人成派，一书成派，不求追随，拒绝沿袭，独立天地，自成春秋。

更让我们敬佩的是，他们所处的时代并不好，个人的处境更潦倒，却能进入如此精彩的创作状态，实在不可思议。我常想，不必去与楚辞、唐诗、宋词比了，只需拿出古典文化衰落期的这几部小说，就会令我们现代文学和当代文化深深羞愧。知道羞愧还好一点，问题是我们总不羞愧，永远自信满满，宏词滔滔。

他们的共性

梳理中国文脉这件事，我已经做了整整二十年。

我在《中国文脉》一书的开头，论述了文脉的定义、形态和几项特征。这儿就不重复了。我只希望读者朋友能够理解，文脉是“最高等级的生命潜流”。

堂堂文脉，居然是潜流？

一点不错，是潜流。中国有一个惯常思维，以为凡是重要的东西总是热闹的、展示的、群集的。这种现象当然比比皆是，但是，如果要在重要里边寻找更重要、最重要的元素，那就对不起，一切都反了过来，是冷清的、内敛的、孤独的了。正是这些元素，默默地贯通了千年，构成了一种内在生命。

我在梳理过程中，也经历了由热闹归冷清，由作品归作者，由群体归个人的一次次转折。终于，在最高等级上，留下了为数不多的一些寂寞灵魂。他们，正是中国文脉的维系环扣，却都维系在安静中。

他们，就是庄子、屈原、司马迁、陶渊明、李白、杜甫、王维、苏东坡、陆游、李清照、关汉卿、王实甫、汤显祖、曹雪芹。

我们把他们称为得脉者、执脉者。

他们后来都很出名，而出名必然带来误解。为了消除误解，我想在《中国文脉》这本书之外写一篇短文，谈谈这些得脉者、执脉者的共性。以往，人们总是以为这样的旷世天才，只有个性，没有共性。

第一个共性，他们都是创造者。

这好像是废话，但针对性很明确，因为不少研究者总喜欢把他们说成是继承者。那些研究者认为，脉，就是前后贯通，因此"继往开来"是得脉者的使命。

真实情况并非如此。文脉的每一个得脉者，都是一种"自立存在"，而不是"粘连存在"。他们只埋首于自己的创造，力求创造的精彩。因此，他们必须摆脱因袭的重担。追求标新立异、石破天惊，是他们的共同特点。

他们当然有很好的文化素养，熟悉前辈杰作，但一定不会把很多精力花在蒙尘的陈迹之间。这有三个原因——

第一，前辈杰作再好，也是一种"异体纹样"。创造者的着力点，只能在本体，而本体的自我觉醒和深入开掘，都非常艰难。

第二，执着前辈杰作，容易产生一种不自觉的"近似化暗示"，这是创造的敌人。哪怕在自己的创作间有淡淡的沿袭印痕，也会遭到他人的嘲笑。因此，创造者不会在自己的道路上留下一个个颓老的陷阱。

第三，创造的最好时机，应在生命力勃发的青春年月，但是，这年月远比想象的更短暂、更易逝，因此也更珍贵。创造者哪里舍得把这种无限珍贵，抛掷在死记硬背的低智游戏中？他们，实在没有时间。

正是出于以上这三个原因，所有的得脉者都不会让古人的髯须来缚羁自己的脚步，而只会抢出分分秒秒的时间开发自己，开发当下，开发未来。

这中间，司马迁作为一个历史学家，专讲过去的事，但是，即便是他也不是传统的附庸，而是中国历史思维的开创者。在宏大的叙事文学的创建上，他更有开天辟地之功。

事实反复证明，历史上最精彩的段落，总是由创造者的脚步踩出的。文脉，本应处于一切创造之先。捡拾脚边残屑的那些人，虽然辛劳可嘉，却永远不可能是文脉的创造者。

中国文脉的曲线告诉我们，任何一个时代，如果以“捡拾”和“缅怀”为主轴，不管用什么堂皇而漂亮的借口，文脉必然衰滞。

第二个共性，他们都是流放者。

这儿所说的“流放”，有被动的，也有主动的。得脉者即使处于“被动流放”状态，迟早也会进入“主动流放”境界。

主动流放，就是离群索居，无羁漂泊，长为异乡人，永远在路上，处处无家处处家。

这种流放，能让他们感受陌生的自然空间。但是，从深层看，比自然空间更重要的是生命空间。流放，使他们发现了一个与以前不同的自己。他们曾经为此而痛苦，没想到，生命却因不同而变异，而提升。

这些得脉者，多数走了很远的路。即使走得不太远，精神跋涉的脚印也很深刻。他们既挥别一个个旧居所，又迎来一层层新感悟。

这里所说的流放，很可能是离乡、入仕，也可能是被贬、入罪；很可能是戍边、投荒，也可能是求生、等死。总之，完全没有“安居乐业”可言。

流放的最大门槛，是对体制而言。

年纪轻轻就逃出冠缨之门、诗礼之家，就是放弃体制的佑护而独立闯荡。当然，更令人瞩目的是背离官僚体制而飘然远行。这一关，对于得脉之人是生死大关。出之者生，入之者死，可谓“出生入死”。这与官场思维，正恰相反。

诚然，官场未必是罪恶之地，历来总有一些好官为民造福，而且少数高官也是不错的文人。但是，若要成为文脉中的得脉者，却迟早必须脱离那个地方。也就是说，不管是撤职还是辞职，都应该流放。

这是因为，即便是世间最明智的官场，它所需要的功绩、指令、关系、场面、服从，也与最高等级的文化创造格格不入。

我这么说，并不是冀求以最高文化标准来营造官场。其实这是两个完全不同的领域，有着各自不同的逻辑。如果让前面列举的这些得脉者成了官场调度者，情况可能更糟。

顺着这个思路，人们也无法接受以官场逻辑来设计文脉、勾画文脉、建造文脉。这种现象，古已有之，皆成笑柄。

还是让杰出的文化创造者们流放在外吧。流放在传承之外，流放在定位之外，流放在体制之外，流放在重重名号和尊荣之外。只有当他们“失踪”了，文脉才有可能回来。

第三个共性，他们都是无助者。

这是流放的结果，说起来有点不忍，却也无可奈何。

请再看一遍我列出的得脉者名单，当他们遇到巨大困苦乃至生命威胁的时候，有谁帮助过他们？没有，总是没有。

这很奇怪，但粗粗一想，就知道原因了。

原因之一，当巨大困苦降临的时候，能够有效帮助他们的，只能是体制，其中包括官方体制、财富体制、家族体制，但前面已经说过，他们早就远离体制之外；

原因之二，由于他们的精神等级太高，一般民众其实并不了解他们，因此很少伸出援手；

原因之三，他们都很出名，因此易遭嫉妒，即便有难，也会被幸灾乐祸者观赏。

回想一下，这些得脉者的履历，不都是这样吗？

我知道这是必然，已经硬了心肠。但是，想到屈原不得不沉江，想到司马迁哽咽着写《报任安书》，想到李白受屈时“世人皆欲杀”，想到苏东坡被捕后试图跳水自沉，想到曹雪芹在“蓬牖茅椽，绳床瓦灶”中只活了四十几岁，还是一次次鼻酸。

即便是好心人想帮助他们，也很难，因为不知道他们在哪里。为此，当我知道苏东坡在监狱里天天遭受诟辱逼拷时，居然有一个狱卒为他准备了洗脚热水，感动得热泪盈眶。我还特地查到了这个狱卒的名字，叫梁成。

我这么写，容易让人产生一种误会，以为不懂得保护文化天才，是中国特有的民族劣根性。其实，这里触及的是人类通病。我曾长期研究欧洲文化史，写过很多文章告诉读者，塞万提斯、莎士比亚、伦勃朗、莫扎特、凡·高的遭遇也相当不好，他们显然都是欧洲文明的得脉者。

那么，怎么办呢？

没有满意的答案。

我想，对于杰出的文化创造者而言，应该接受这种孤独无助的境界。既然已经决定脱离，决定流放，决定投入突破任何传承的创造，那么，无助是必然的。抱怨，就该回去，但回去就不是你了。那就不如把自已磨炼得强健蛮犷，争取在无助的状态下存活得比较长久。

对于热爱文化的民众而言，虽然不要求你们及时找到那些急需帮助的文化创造者，却希望你们随时做好发现和帮助的准备。尽管，这未必有用。因为在司马迁、李白、苏东坡他们受苦受难的时候，当时何尝无人试图润泽文化、施以援手？但必然地，总是失之交臂，两相脱空。

也许今天我们会认为，现在好了，最优秀的文化创造者都被很多协会、大学、剧团照顾着呢。但是，如果我们的目光能够延伸到百年之后，再反观现在，一定会惊奇地发现，情况完全不是如此。

那么，我们只能用民间的善良，悉心打量了。未必能发现旷世大才，但能帮助一个普通的创造者也好；未必能提供多大帮助，但能像狱卒梁成那样，倒一盆洗脚热水也好。

当然也不妨建立一个戒律：永远不要去伤害一个你并不了解、并不熟悉的文化创造者。任何政治斗争、传媒风潮、社会纠纷，一旦涉及他们，都不要起哄。他们也可能做了傻事，说了错话，情绪怪异，不擅辩解，大家都应该尽量宽容。千万不要再度出现大家都在诵读着李白的诗，但他一旦有事便“世人皆欲杀”的可怕情景。

加害者们很可能指着被害者说：“他不可能是李白！”当然不是，但数千年来，有多少个“疑似李白”被伤害了。这种伤害，未必是真的屠杀，还包括群贬、冷冻、闲置、喧哗、谣诼、分隔、暗驱。伤害这样的人非常轻便，遇不到任何反抗，但是中国文脉极有可能维系在这些软弱的生命之上。

两位学者的重大选择

从十九世纪晚期到二十世纪前期，中国文化在濒临灭亡中经历了一次生死选择。在这过程中，两位学者起到了至关重要的作用。

他们是中国文化在当时的最高代表。他们对传统文化的精熟程度和研究深度，甚至超过了唐、宋、元、明、清的绝大多数高层学者。因此，他们有一千个理由选择保守，坚持复古，抗拒变革，反对创新。而且，他们这样做，即使做得再极端，也具有天经地义的资格。

但是，奇怪的是，他们没有做这样的选择。甚至，做了相反的选择。正因为这样，在中国文化的痛苦转型期，传统文化没有成为一种强大的阻力。这是一件非常了不起的大事，仅仅因为两个人，一场文化恶战并没有发生。局部有一些冲突，也形不成气候，因为“主帅中的主帅”，没有站到敌对营垒。

这两人是谁?

一是章太炎，二是王国维，都是我们浙江人。

仅凭这一点，浙江的文化贡献非同小可。后来浙江也出了一批名气很大的文化人，但是即使加在一起，也比不上章太炎或王国维的一个转身。他们两人深褐色的衣带，没有成为捆绑遗产的锦索，把中国传统文化送上豪华的绝路。他们的衣带飘扬起来，飘到了新世纪的天宇。

我曾经说过，在黄宗羲、顾炎武、王夫之这组杰出的“文化三剑客”之后，清代曾出现过规模不小的“学术智能大荟萃”。一大串不亚于人类文明史上任何学术团体的渊博学者的名字相继出现，例如戴震、江永、惠栋、钱大昕、段玉裁、王念孙、王引之、汪中、阮元、朱彝尊、黄丕烈等等。他们每个人的学问，几乎都带有历史归结性。这种大荟萃，在乾隆、嘉庆年间更是发达，因此称之为“乾嘉学派”。但是，由于清代极其严苛的政治禁忌，这么多智慧的头脑只能通过各种艰难的途径来搜集、汇勘、校正古代经典，并从音韵学、文学学上进行最为精准的重新读解。乾嘉学派分吴派和皖派，皖派传承人俞樾的最优秀弟子就是章太炎。随着学术群星的相继陨落，章太炎成了清代这次“学术智能大荟萃”的正宗传人，又自然成了精通中国传统文化的最高代表和最后代表。而且，他的这个最高代表和最后代表的身份，获得全社会学术界、文化界的公认，从来没有人提出怀疑。

但是，最惊人的事情发生了。这个古典得不能再古典、传统得不能再传统、国学得不能再国学的世纪大师，居然是一个最勇敢、最彻底的革命者！他连张之洞提倡的“中学为体，西学为用”方案也不同意，反对改良，反对折中，反对妥协，并为此而“七被追捕，三入牢狱，而革命之志终不屈挠者，并世亦无第二人”（鲁迅语）。

“并世亦无第二人”，既表明是第一，又表明是唯一。请注意，这个在革命之志上的“并世亦无第二人”，恰恰又是在学术深度上的“并世亦无第二人”。两个第一，两个唯一，就这样神奇地合在一起了。

再说说王国维。他在政治上相当保守，坚持着保皇立场，但在文化上却非常开通。我看重的，就是文化。他比章太炎小八岁，而在文化成就上，却超过了章太炎。如果说，章太炎掌控着一座伟大的文化庄园，那么王国维却在庄园周边开拓着一片片全新的领土，而且每一片都前无古人。例如，他写出了第一部真正意义上的中国戏剧史，对甲骨文、西北史地、古音、训诂、《红楼梦》的研究都达到了划时代的高度。而且，他在研究中运用的重要思想资源，居然有很大一部分来自德国哲学家叔本华和康德。由于他，中国文化界领略了“直觉思维”，了解了“生命意志”。他始终处于一种国际等级的创造状态，发挥着“独立之精神，自由之思想”。他后来的自杀，有政治原因，但在根子上，却反映了二十世纪的中国社会现状与真正宏大的文化人格还很难融合。

两位文化大师，一位选择了革命，一位选择了创造，一时让古老的中国文化出现了勇猛而又凄厉的生命烈度。这种生命烈度，可以使他们耗尽自己，却从根子上点燃了文化基因。为此，我们不能不对这两位归结型又开创型的大学者，表示极大的尊敬。

我回想世界历史上每一个古典文明走向陨灭的关键时刻，总有几位“集大成”的银髯长者在做最后的挣扎，而且，每次都是以他们生命的消逝代表一种文明的死亡。章太炎、王国维都没有银髯，但他们也是这样的集大成者，他们也有过挣扎，却在挣扎中创造了奇迹，那就是没有让中华文明在复古的残堡中陨灭。我由此认定，他们的名字应该在文明史上占据更重要的地位。

不敢小觑他们

中国，连同中国文化，都在十九世纪末、二十世纪初濒于绝境。但是，结果并未断绝，却起死回生了。原因何在？

回归质朴思维，只有一个根本原因：中国没有被列强瓜分。

如果瓜分了，那么，就像一个盘子打碎了，里边盛着水也就会泄漏干净。中国是盘，文化是水，中国文化也就不复存在。

那么，怎么会没有瓜分呢？

是列强们好心吗？不会。只要翻一翻当时的历史资料，就知道当时没有一个列强对中国存有丝毫礼让之心。种种争执，都不是在讨论要不要瓜分，而只是在吵嚷如何瓜分。

那么，难道真是国内后来取得了发言资格的政治势力和文化势力发挥了作用？遗憾的是，按时间计算，它们当时还没有出现。

很多历史学家告诉我们，让中国没有灭亡的，是“人民的力量”。但是，请问，“人民的力量”在当时，是以什么形式表现出来的？这种力量又是如何吓退了列强，保全了江山？是太平天国吗？是义和团吗？但是，有关它们的历史资料，为什么恰恰提供了相反的结论？

我知道历史学家还会努力寻找，但是其实不必花费这般辛苦了。能够让这么大的中国免于瓜分的力量，还需要如此艰难地寻找吗？即便找出来了，也无法让人相信。

我觉得，不能小看了当时真正有力量的一些当权者。按照我们的传统说教，他们都是“坏人”。事实果真如此吗？他们当然也做过一些坏事，但是按照公平的历史眼光，能让几件“坏事”掩盖那么多好事吗？而且，做过“坏事”的，就一定是“坏人”吗？

二〇〇五年七月二十日，联合国的“世界文明大会”在日本东京召开，我受邀在会上发表主旨演讲，自选的讲题是“中华文化的非侵略本性”。因为是在日本，我不能不讲到中国在甲午战争中失败的文化原因。我以郑和的例子说明，中国从明代开始就具备了制海能力，却又主动放弃了这种能力，这与中华文明作为一种农耕文明“固土自守”的思维传统有关。如果考虑边疆防备，主要也只是关注游牧文明，因此目光多在西北方向，而不在意“东南海疆万余里”的复杂形势和千年变局。说到这里，我引述了当时中国一位高官的感叹。我演讲结束时，主持大会的一位印度裔哈佛大学教授找到我，对我提到的那位中国高官表示佩服，请我再说一遍他的名字。我说：“他叫李鸿章。”

李鸿章，在中国历史教科书上一直是反面形象，原因是他在甲午战争失败后签署了《马关条约》。但是，一场历史性失败的责任，难道真要加在签署者头上吗？李鸿章没有推卸，却讲述了文化根源。我之所以要引述他，是因为早早地知道了一个史实：他被迫去签约时已是七十二岁高龄，在巨大屈辱中与日方艰难斡旋，还被一个反华的激进浪人枪击，中弹后“登时晕厥”，血流不止。因为子弹嵌入颊骨，如果取出子弹恐怕有生命危险，只得“留弹合口”，完成外交事务。

除了日本，他还要与美、英、法、俄、德、比、西等国一一交涉。列强气焰嚣张，暴民此起彼伏，朝廷反复无常，他全都要小心侍候。终于在七十八岁高龄时走到了生命尽头，他的临终诗是这样写的：

> 劳劳车马未离鞍，
> 临事方知一死难。
> 三百年来伤国步，
> 八千里外吊民残。
> 秋风宝剑孤臣泪，
> 落日旌旗大将坛。
> 海外尘氛犹未息，
> 诸君莫作等闲看。

对于写出这样诗句的临死老人，我不能不表示尊敬。尤其是“秋风宝剑孤臣泪，落日旌旗大将坛”这两句所传达的雄浑意态，居然产生于生命的最后时刻，更是让人感动。须知，这并不是出于某些诗人的大胆想象，而是出自一个衰世主政者的切身感受，因此即便放在诗林之中，也别具分量。

为此，我曾接受他安徽家乡的邀请，为他出生时就已经有的地名“磨店”题字。后来我还把这两个字收入一本书法集，并且写道：其实当时的中国也已经是一个庞大而又老旧的“磨店”，他推起了沉重而又缓慢的磨盘，推得非常艰辛，最后，连自己也旋入了磨道，被磨得粉碎。

在李鸿章去世十五年后，另一位著名政治人物也进入了弥留期，他就是袁世凯。其实袁世凯比李鸿章要小三十六岁，与高寿的李鸿章相比，他去世得太早了些。

袁世凯在历史上的恶名，也与一个丧权辱国的条约有关，那就是“二十一条”。与《马关条约》一样，“二十一条”也总是被称为“卖国条约”，这个名号当然会让人愤怒。既然是“卖国条约”，签署者当然是“卖国贼”；既然是“卖国”，当然是收受了巨额款项……

然而事实上，签署这样的条约，完全不是“卖”者所愿，而是脖子上被套了绞索，被架了利刃，一步步紧逼而成的。更重要的是，这绞索，这利刃，并不是只对准了李鸿章和袁世凯，而是对准了整个中华民族，对准了所有的中国人。因此，找不到拒签的可能。

袁世凯能做的，是死磨硬磨，把“二十一条”中最为丧权辱国的第五项中的七条，一一加以否认。日本人磨不过，也就撤回了。日本人一撤回，袁世凯就向属下官员宣布：“现在既已撤回，议决各条，虽有损利益，尚不是亡国条件。只望大家记住，此次承认是屈服于最后通牒，认为奇耻大辱，从此各尽各职，力图自强……”

不仅如此，袁世凯还向各级文武长官颁发了《大总统密谕》，言辞极为哀痛。他说：“可能是上天可怜我，没让我亲眼看到国家灭亡，你们都比我年轻，都未必看不到。”因此——

所望凡百职司，日以“亡国灭种”四字悬诸心目，激发天良，

屏除私见，各尽职守，协力程功。同官为僚，交相勖勉，苟利于国，生死以之。

……其亡其亡，系于苞桑。惟知亡，庶可不亡！

这些话，实在不像出自“卖国贼”之口。

如果说，袁世凯在“二十一条”上有不少无可奈何之处，那么，他所做的那个荒唐的皇帝梦，却是永远不可以被原谅的了。不管有多少为他辩解的理由，例如听从了杨度等人的“君主立宪制”，误信了大儿子伪造的《顺天时报》舆论等等，都没有用。试图称帝在辛亥革命之后，无论如何是一个历史恶行。虽然他很快知错，却已经来不及了，他的自然生命和政治生命一起灭亡。临死前，他给自己写了一副挽联：

为日本去一大敌，

看中国再造共和。

下联是他对皇帝梦的自我否定，上联却是他对爱国者的自我确认。

但是不管怎么说，中国没有因他而被列强瓜分。

袁世凯去世后，他的弟子们各自称雄，开始了反反复复的“军阀混战”。这期间，发生了很多丑陋的事件，但是有一点不可否认：很难再找到一个军阀变成了十足的汉奸，投靠哪个列强而瓜分中国。

关外的张作霖因为不与日本人合作而被日本人杀害于皇姑屯，这是大家都知道的，而其他军阀基本上也都秉承着爱国的立场。我在李洁先生写的《文武北洋》中读到段祺瑞的一段谈话，很有代表性。段祺瑞历来被看成是比较亲日的，但他却这样大声说——

> **日本暴横行为，已到情不能感、理不可喻之地步。我国唯有上下一心一德，努力自救。语云："求人不如求己。"全国积极准备，合力应付，则虽有十日本，何足畏哉？**

至于那个吴佩孚，就更彻底了，坚持不到国外，不住租界，不结交外国人。日本人想尽各种方法拉拢他，全都无功而返。他死后，人们看到，正堂墙上还挂着他亲手写的一副长联：

> **得意时清白乃心，不怕死，不积金钱，饮酒赋诗，犹是书生本色；**
>
> **失败后倔强到底，不出洋，不入租界，灌园抱瓮，真个解甲归田。**

这副对联挂在他天天居息和待客的地方，成了人人可以随时验证的人生宣告。这样的人物特别在意"民族气节"的鲜明造型，要他们参与瓜分，显然有点艰难。

不再列举了。我想这几个人已足以说明，他们在中国最容易被瓜分的时候，没有让瓜分变得容易。

只要没有被列强彻底瓜分，其他事情就有了立足点。新思想可以推广了，白话文可以普及了，新学校可以兴办了，实业家可以行动了，各种各样摧枯拉朽、除旧布新的行为可以在全国范围内一步步实施了。

因此，我觉得，我们实在没有理由嘲笑那些一直顶着不少恶名的政治人物和各路军阀。中国能在旁人的拳打脚踢中一息尚存，而且渐渐活过来，站起来，也与他们有关。

无论如何，我不敢小看他们。

文化的替身

在没有发生战争的情况下，一座城市在不长的时间内突然失去了文化重量，这种情形，在世界历史上都极为罕见。

我有幸，亲身经历了。

一九八七年，我还在担任上海戏剧学院的领导职务，接到通知，让我暂时搁置手上极为繁忙的工作，到北京接受一项秘密任务。

秘密任务？这对我来说很不习惯，一路上思考着躲避的借口。到了北京才知道，是参加一次很高级别的文化评选。

文化评选为什么变成了秘密任务？有关官员告诉我，这与诺贝尔奖的评选程序需要保密一样。我们这次要评选的，是每个文化艺术领域中的“首席”，将会由国家领导人亲自在人民大会堂颁布。由于领域划分很大，每个领域只评出一个，很多领域可以空缺。这样的评选，如果公开了，会造成各省、各部门多大的竞争？可以想象竞争的理由都会非常充分，却很可能在吵吵嚷嚷间把事情拖垮了。因此，保密很要紧。

既要实行保密，又要维持规格，因此评选专家很少。北京的评选专家由王朝闻先生领头，外地的评选专家由我领头。

与王朝闻先生结识是一件高兴的事。他已经仔细阅读过我的四部学术著作，而我，则称赞他为“老革命中艺术感觉最健全的人”。

这次评选，有一个很不错的工作班子，他们在整体保密的前提下做了很多民意测验，又搜集了海内外的评价资料。对于一些德高望重的文化老人，也上门进行咨询。因此，在我到达北京的第二天，就可以开始工作了。

因为要评选的是各大文化领域的“首席”，必须人所共知，形成候选名单并不困难。我看到，领头四大领域的第一候选人，确实很难动摇——

文学：巴金。

音乐：贺绿汀。

美术：刘海粟。

电影：谢晋。

比较麻烦的是戏剧领域了。

第一麻烦是：戏曲和话剧要不要分开来评。按照“大领域”的宗旨，应该合在一起评出一个，但戏曲剧种有一百七十多个，知名演员一大堆，如果全部由话剧囊括，似有不妥。因此，我和王朝闻先生一致决定，分开。也就是说，戏曲评一人，话剧评一人。

这就带出了第二个麻烦。话剧的第一候选人不是一个，而是两个：曹禺、夏衍。曹禺当然重要，但夏衍曾与田汉一起，对中国戏剧的发展起到了引领作用。田汉已经去世，夏衍就具有了极高的代表性。

那就先解决第一个麻烦，戏曲领域选谁呢？在梅兰芳、周信芳已经去世的情况下，几乎没有异议的，只有俞振飞。即使在矛盾重重的京剧界，对他也是共同敬重。

面对第二个麻烦，即话剧领域的曹禺和夏衍很难定夺。我们的工作班子拜访了这两位老人，想听听他们自己的意见。工作班子回来后说，两位老人都很谦虚，都不想被选。这是意料之中的，而且工作班子几乎同时收到了他们的亲笔信。

曹禺在信中说："戏剧是一门综合艺术，编剧只是起点，真正的戏剧大师应该是导演。中国导演素称'北焦南黄'，现在焦菊隐先生已经离世，应该评选黄佐临先生。"

夏衍在信中写道："一个生气勃勃的国家，千万不可以把一个五十年没写过剧本的编剧评为戏剧大师。我心中的戏剧大师是黄佐临。"

两位老人都推荐了同一个人，麻烦解决了。

第二天再开会，王朝闻先生笑了。他说："我在今天起床前突然想起，我们要评选的这一些首席大师，居然全在上海！"

"啊？"这下我也惊讶了。这些天我们想来想去，居然完全没有考虑到地域。如果一次国家级的评选结果全在上海，我这个来自上海的评选专家就太有嫌疑了。因此我再一次拿起名单，希望有所调整。

我喃喃地念着："文学，巴金，上海；音乐，贺绿汀，上海；美术，刘海粟，上海；电影，谢晋，上海；戏曲，俞振飞，上海；话剧，黄佐临，上海。"我凝视再三，实在找不出可以调整的缝隙。

王朝闻先生看我着急的样子，说："你不必过于担忧，这是一座城市的骄傲，证明直到今天，中国文化艺术的中心，还稳稳地坐落在上海。就像佛罗伦萨对于意大利，法兰克福对于德国。至于上级要做什么样的全局考虑，那就由他们调整吧。”

我离开北京回到上海，还一直为这件事苦恼着。“全在上海”，这在全国民众的心目中会产生什么印象？我觉得一定是负面大于正面。

但是，我的苦恼很快被一个传言解除了。这个传言说，有这么一个评选，每个戏曲剧种都要评一个最高代表人物。于是，北京京剧界有两位脾气很大的老演员一下子激愤异常，扬言：“如果评上了那个人，而不是我，我立即跳楼！”

他们还把这句话写成书信，多处投寄。

一个著名京剧老演员跳楼，这事即使仅仅有一丝可能也不可以发生。因此中央领导示意，这个评选活动暂停。

这件三十年前的往事，经常在我心中盘旋。

开始几年，我在期待这个评选活动的重新开始。因为对于一个民族、一个国家而言，首席艺术家是“仅次于上帝的人”。没有这样的人，再发达的社会也终究会是一片精神沼泽。

但是过了几年，我不再期待。原因，恰恰是由于曾让我骄傲过的上海。

居然，那个让我在王朝闻先生面前感到不好意思的名单快速不见了。更让人瞠目结舌的是，上海已经完全无法进入那个名单。大家不妨算一算，现在，在全国的文学、音乐、美术、电影、话剧、戏曲领域，上海在哪个领域能以“首席”进入？

一个不必争论的事实摆在眼前：“全在上海”变成了“全无上海”。

如此彻底的颠覆，肯定不是有外人在刻意扼杀。在正常的社会，文化的事谁也扼杀不了，一定是上海文化本身出了大问题。

老一辈艺术家的相继去世，当然是一个原因。但是，在全国各地乃至世界各地，哪里的老人不会相继去世？对文化而言，老人必然会离开，余脉总是会延续，而且往往是“青出于蓝而胜于蓝”。且不说世界了，只说国内，三十年来在文学艺术的各个领域，涌现了很多国际赞誉、全国关注的杰出人物和杰出作品，然而，几乎都不在上海。更麻烦的是，在可以预见的未来，上海似乎也没有出现的可能。

几十年前，我是为上海文化喝彩的第一人。现在事情反了过来，几乎年年月月都要遇到诘问的目光，大家要我分析此中原因。

原因可以写厚厚一本书，这篇短文我预定了长度，因此只是约略说一说。

著名上海史专家唐振常先生对我说，上海是中国近代报刊业的发祥地，因此，“报刊文痞”成了上海文化的特产，也成了上海优秀文化的主要障碍。因为他们懂一点文化，执掌着传播权力，影响着市民取舍，最容易把优秀文化的高度拉下来，甚至拉成哄传街市的负面新闻。对此，老一代艺术家袁雪芬女士曾以自身经历向我反复讲述。后来，社会制度发生变化，这些文痞中的一部分，居然以“评论家”、“杂文家”、“总编辑”、“名记者”的身份出现了。唐振常先生说，就连“四人帮”里的张春桥、姚文元，也是这样的人物。他们表面上也算“文化人”，实际权力又高于文化创造者，与前面所举的文化大师如巴金、贺绿汀等产生了激烈冲突，与刘海粟、谢晋、俞振飞、黄佐临也格格不入。他们居然成了上海文化的主导，幸好后来因为政治斗争而败落在北京。

新时期以来，随着传播技术的突飞猛进，传媒系统更是笼罩住了文化系统。在很大程度上，也就是根据传媒的两项基本职能，即“听令”、“随潮”，从整体上取代了人文价值。主导者，则是传媒间让全国各地都不太喜欢的所谓“海派文人”。

“海派文人”倒不排外，却严重“恐高”，也就是近乎本能地冷落一切超越上海的宏观创造，只习惯于在传媒上摆弄一些“文化小吃”而自鸣得意。前面列举的各领域文化大师，没有一个算得上“海派文人”。“海派文人”对他们，也敬而远之，毫无热情。

如果要再倒算上去，那么，曾经在上海居住的章太炎、王国维、鲁迅、茅盾，都丝毫没有“海派文人”的气息。他们都不喜欢海派，只把上海作为一个暂居之地，却以一种“非上海化”的宏大生存，使上海文化一度变得宏大。但等他们一走，上海又成了“海派文人”的天地了。上海文化，失去了“非上海化”的宏大生存，格局立即变小。

除了“海派文人”的障碍外，上海文化还遇到另一个“行政替代”障碍。那就是，由于上海的经济发展和社会管理的高度有效，对文化也形成了一个周密的行政体制。这个体制带来了前所未有的文化设施、文化资金、文化交流，看起来是一片繁荣，却忘了，文化创造的高贵灵魂，一定不会栖息在豪华的热闹中。

真正的文化创造者要求的，是独立、宁静、自由、安全、尊严，以及在市井热闹中悄然而又傲然地固守文化等级的权利。

文化官员都有学历，也懂文化，但这与创造的核心奥秘还遥不可及。因此，所有的表扬、商讨、笑容、握手，都只是隔靴搔痒。搔得实在太周到、太规范了，创造者只能脱下靴子，赤脚逃走。

简单说来，当那些大师一一谢世之后，上海文化的魂魄被两种“替身”稀释了：传媒的替身和行政的替身。

这个教训，具有普遍意义。

刀笔的黄昏

一

几年前，我应邀为北京大学中文系、历史系、哲学系、艺术学院的部分学生讲授“中国文化史”。讲了一年，最后结束时，应学生要求，增加了一课“临别赠言”。

整整一年，我主要是在讲正面文化。当然也会涉及负面文化，却不系统。好在所有的学生都读过我论述“小人”的长文，知道了这种笼罩几千年的负面人格。

这种负面人格的文化形态，在明、清两代和近、现代，又有了更激烈、更伪诈的表现，那就是“刀笔文化”。

由于现代“刀笔文化”至今还经常被美化，因此我要把这个论题作为那门“中国文化史”的最后一课。

我告诉学生，“刀笔文化”在中国并无早期根源，只是明、清两代帝王推行“文字狱”，鼓励告发，才由朝廷刀戟带动文化刀戟，培养出一批“文化鹰犬”和“刀笔吏”，入侵文坛。

“刀笔文化”的基本特征，是占领话语高地，攻击一切想攻击的文化创造者。“刀笔文化”在现代文学中产生了严重恶果，那就是：声音很响，作品很少；战士很多，文士很少；一片狞厉，一片寂寥。

我曾向北大学生概括了“刀笔文化”的四项行为逻辑：

一、因进攻而正义。

二、因虚假而激烈。

三、因无险而勇敢。

四、因传媒而称霸。

今天，我要为这些称霸的胜利者，再增添两条后续逻辑，那就是：

五、因欺人而自萎。

六、因畏法而慌乱。

二

先说“因欺人而自萎”。

对此，我曾经做过一个“概率论”的统计，发现百余年来，在文化界，只要是主动发起对同行攻击的文人，不管一时秉持何等堂皇的理由，没有一个能够在君子世界获得正面声誉。如果是作家，甚至是著名作家，在发起攻击之后，就不会再写出真正的杰作，而且也很难延享高寿。

也可能有例外吧，非常希望读者朋友们一旦发现能及时告诉我。

这是什么原因呢？难道冥冥之中确有“文曲星”明察秋毫，及时地给了报应？

我认为，如果真有报应，可能还是出于现世原因。例如——

第一，任何攻击，在发动之时，都必然为了彰显正义而夸张得声色俱厉，但对方并非高官，而只是一个并无防卫能力的作家和学者。因此，产生了火力和目标的严重失衡。这种失衡，必然会带来多数读者内心的反向疑问。

第二，由于被攻击对象总是一个比较有名的文化人，他成为嫉恨的目标，必然是因为有好作品行世，必然有喜欢者、追随者、崇拜者，因此攻击者虽然伪造了一个敌人，却立即拥有了一个庞大的“敌营”。

第三，攻击者也跻身文化界，对以上两点，不可能没有感应，因此在发起攻击之后不能不暗暗设防，处处敏感，生怕自己留下什么漏洞成为别人的话柄，于是，再也没有放松的心情投入创作。

第四，天下人心，厌恶一切打手。对于那些并未遇到侵略而成天剑拔弩张的文人，一般读者可能稍加关注，却不可能产生好感。他们的名字，至多成为茶后饭余的谈资，很快连谈资也挨不上了。

……

还可以列出很多点。但仅仅以上四点就可以说明，为什么“刀笔文化”的参与者总是快速萎谢。

对于这个有趣的规律，我有资格见证，因为我遇到过不少攻击者。

这些攻击者本来也算是不错的文人，有的是研究现代文学的，有的是讲述历史故事的，有的是从国外读了一点书回来的，有的能写剧本，有的还能画画，有的甚至还是财经评论者，不知怎么回事，突然向我发起攻击了。在攻击时，他们一时成名，老少皆知，但只是闹腾一阵，就一一语塞。他们肯定没有遇到任何阻碍，没有遭到任何反驳，却似乎被抽走了元神，泄漏了精气，全都走向了疲沓。

我多么希望其中能有一两个人保持文化品位，什么时候相遇时愉快地向他们请教向我发起攻击的理由。但遗憾的是，他们全都掉落到了底线之下。我如果不计前嫌走上前去，他们只能羞缩而退了。

他们还是他们，但是那个现代文学研究者呢？那个历史故事讲述者呢？那个剧作家呢？那个从国外回来的画家呢？那个财经评论者呢？却找不到了。

这情景，很像吸毒。吸过几次，看起来亢奋健旺，但其实已经成了半个废人。参与“刀笔文化”向同行发起攻击，只需几次，就与吸毒一样，人格毁了大半。

人格既毁，当然也就谈不上文化创作了。

三

再说“因畏法而慌乱”。

“刀笔文化”如果拿到现代法治下来衡量，绝大部分是违法的。多数是侵犯了名誉权，属于民事案件；但也有不少是诬陷诽谤，属于刑事案件了。按照国际间对于在公众媒体上实施诽谤的判决，中国很多“批判干将”、“揭秘专家”、“咬人黑客”、“恶语机器”，以及相关报刊的社长、主编，都会承受牢狱之灾、铁窗之苦，而且服罪的时间不会太短。

但是，中国“刀笔文化”的参与者基本上都是“法盲”。他们受到过“战斗精神”的严重误导，以为用最激烈的言辞来侮辱文化界同行的人格是可行的，以为不提供任何证据就加给对方一连串恶名是能够赚得掌声的。结果，他们放手写下了各式诽谤文章，其实是留下了让自己入罪的文字证据。对此，他们到了最近几年才突然惊醒，发现自己已经随时可以被提送法庭。

于是，早就萎谢的他们，又慌乱起来了。

对此，我又可以提供一些有趣的例证了。

我早年的老师盛钟健先生已经年迈，住在家乡宁波的一所敬老院里，我也有二十年未曾与他见面。但在去年，他却被上海的一个陌生人打扰了。说了很久才明白，这个陌生人，曾经以造谣的方式对我发起过攻击。

他的攻击影响很坏，但是，我当时却考虑到，这个人的一系列荒唐举动，与他在“文革”灾难中曾担任过造反派首领的特殊经历有关，是一段荒唐历史的个体化延续，而算起来他也应该相当苍老，因此决定饶恕。只不过，我并没有把饶恕的决定宣布，因此他在听说一些法律案件后开始紧张起来，而且越来越紧张。他托过很多人试着与我沟通，向我道歉，但都遭到了那些人的拒绝。在百般无奈中，才在我的某本著作中看到了我早年老师的名字。

我的老师并不出名，又生活在家乡一个普通的敬老院里，要找到很不容易，但他居然排除万难找到了。可见，实在是慌乱到了极点。

我很快让老师转告那个人，我不会起诉，他尽可以安度晚年。

重要的转折点，就是英国的《世界新闻报》事件。那么多参与造谣的媒体名人锒铛入狱，使中国的刀笔文人产生了切身联想。随之，我周围渐渐出现了很多“说客”。

“说客”们有一个差不多的开头：“那些人都是余先生的崇拜者，因此传出来的谣言不是针对余先生，而是针对钱。既然没拿到钱，那就只能算是‘未遂’，请余先生高抬贵手。”

针对钱？我立即想到，每个谣言传得如火如荼之际，确实会有自称“公关”、“助理”的一些人来找我办公室的工作人员，声称商讨“止谤费”，一般是开价二十万元上下。我觉得如果付了钱等于证实了谣言，万万不可。因此他们每次都“未遂”。

其实，对名人进行大规模的名誉讹诈，白纸黑字，广为印刷，已经确确实实地犯下了重大罪行，而不是“未遂”。可见，畏法者仍然不懂法。

四

说到这里，忍不住还要提一提武汉那个古怪的文人。他虽然年长于我，却虔诚追随，发表了很多赞谀之文，被我劝阻。但是突然之间，他发现攻击更容易出名，便猛然翻转，开始成为最激烈的诽谤者，并自称是我的“第一论敌”而挤入各种文学会议。一位天津学者告诉我，有一次会议代表都上了火车，那人向大家介绍了自己“第一论敌”的身份并分发了诽谤我的文章。结果是，漫漫几个小时的旅程，没有一个代表与他交谈。而且，他喝水、用餐都遇到了冷落，因为几位列车服务员假装无意地说：“我们都是余先生的读者。”后来焦桐先生又告诉我，这个人去台湾参加一个研讨会时，遇到了更大的尴尬。

我认为那几位列车服务员不应该在喝水、用餐等事情上为难他，但这个人应该明白，文学的事与大众有关。

这个人很快在文坛销声匿迹了，有点可惜。因为在他装扮“第一论敌”之前，除了文辞有点夸饰外，研究功力还是具备的。如果能够安静地做一点文化建设工作，不至于像现在这样狼狈。

在文化上，有一个行之千年的民间法庭。其实，在这个民间法庭后面，还有一个更宏大、更神秘的天地法庭。人间的盛衰进退、善恶斡旋，都在那里获得平衡。

不管天地法庭、民间法庭，还是当代社会的真正法庭，都对“刀笔文化”做出了负面判决。

一度呼风唤雨的“刀笔文化”，已经步入它凄厉的黄昏。

名家论余秋雨

余秋雨先生把唐宋八大家所建立的散文尊严又一次唤醒了。或者说，他重铸了唐宋八大家诗化地思索天下的灵魂。

——白先勇

余秋雨的有关文化研究蹈大方，出新裁。他无疑拓展了当今文学的天空，贡献巨大。这样的人才百年难得，历史将会敬重。

——贾平凹

北京有年轻人为了调侃我，说浙江人不会写文章。就算我不会，但浙江人里还有鲁迅和余秋雨。

——金庸

中国散文，在朱自清和钱锺书之后，出了余秋雨。

——余光中

文化界不少人的成绩，可以用很多语言来介绍；但也有少数人不必如此介绍；余秋雨先生则是特例中的特例，完全不用介绍，几乎全国所有读者都知道他，喜欢他。因此，今天我主持他的演讲，非常轻松。

——张贤亮

余秋雨先生在文化上的建树气势恢宏，让人回肠荡气。他又淡泊名利，与世无争，这样的人在佛教看来，已经属于“当代菩萨”之列。

——星云大师

余秋雨先生每次到台湾演讲，都在社会上激发起新一波的人文省思。海内外的中国人，都变成了余先生诠释中华文化的读者与听众。

——美国威斯康星大学荣誉教授　高希均

余秋雨先生对中国文化的贡献功不可没。他三次来美国演讲，无论是在联合国的国际舞台，还是在华美人文学会、哥伦比亚大学、哈佛大学、纽约大学或国会图书馆的学术舞台，都为中国了解世界，世界了解中国搭建了新的桥梁。他当之无愧是引领读者泛舟世界文明长河的引路人。

——联合国中文教学组前组长　何勇

历史将会敬重

文/香港《亚洲周刊》江迅

著名作家贾平凹在评价余秋雨时写道："这样的人才百年难得，历史将会敬重。"余、贾两位，在经历、地域、生态上都有很大距离，因此这样的评价具有客观的远瞻性。我在香港关注余先生已经三十多年，愿意为贾先生的评价提供下列理由——

一、余先生在交通条件很艰难的二十世纪九十年代初期，通过非常辛苦的实地考察，在中国近代以来十分热闹的"军事地图"和"行政地图"之外，首次拼接了"文化地图"。这幅"文化地图"以全新的史识描绘了一系列古老的美好，由于直接回答了长期贬低中华文化和中国人的国际潮流，立即如空谷足音，震撼了华文世界。曾经写过《丑陋的中国人》一书的柏杨先生当面对余先生说："两个字：羡慕。羡慕你以大规模的文化遗迹考察，重新定义了中国人。"

"重新定义了中国人"，这意义当然远远超越了文化界。因此，被称为"世界芯片大工"的"台积电"董事长张忠谋先生要出自传，专请余先生一人写序言；中国国民党荣誉主席连战先生首访大陆的"破冰之旅"记述，也专请余先生一人写序言。

二、考察中所写的《文化苦旅》、《山居笔记》等著作，展示了一种被陶岚教授称为"一过目就放不下"的"余氏文体"，更是一时风靡，其中不少文章居然同时被收入海峡两岸暨港澳地区的语文课本，成为当代语文中的孤例。这种文体的特点，被语文学者评为"质朴叙事、宏大诗情、低语谈心"的三相融合，显现了当代华文有可能达到的高位。我曾经在台湾新北市大礼堂听著名作家白先勇在演讲时说：

"余秋雨先生的著作长期以来一直是全球各地华人社区读书会的第一书目。他创造了中华文化在当代罕见的向心力奇迹。我们应该向他致以最高敬礼。"

三、余先生紧接着又在世纪之交冒着极大生命危险，贴地考察了人类各大古文明遗址，将它们与中华文明做对比。考察日记《千年一叹》、《行者无疆》在海内外同时连载并出版，读者之多超乎想象，他也就成了国际上最有资格的比较文化演讲者。二〇〇五年七月应邀在联合国"世界文明大会"上发表了主旨演讲《中华文化的非侵略本性》，二〇一三年十月又在联合国总部大厦演讲《中华文化为何长寿》。这些纯学术的演讲，为世界各国学者提供了读解中华文化的全新思路。由于演讲者的身份是"当代世界走得最远的非官方独立知识分子"，在国际上具备了基本的公信力。其中的论点和论据，以后被广泛引用。我有幸两度抵达演讲现场，切身感受到中华文化在肃穆的学术气氛中的"高光时刻"。

四、当文化热潮兴起之后，学术界发现，各种文化话语还缺少一些公认的理论基点，就像数学中少了一些公式，产生了纷乱。对此，余先生在二〇〇六年制定了一条最简短的文化定义，并在香港凤凰卫视的"秋雨时分"发布，向海内外征求意见。这条定义一共只有三十个汉字：**"文化，是一种成为习惯的精神价值和生活方式。它的最终成果，是集体人格。"**世界上有关文化的定义，自英国学者泰勒之后，至今已出现二百多条，每一条都非常冗长又各执一端，唯有这一条，被海内外学术界称赞为"最简洁、最准确的概括，很难被替代"。众所周知，世界上不论哪个学科，定义之立，都是一件奠基性的大事。

五、由于认定文化的最终成果是"集体人格"，余先生此后多年就把精力集中在对中华民族集体人格的探究上。他比较了世界上各个著名的集体人格范型，例如"圣徒人格"、"先知人格"、"绅士人格"、"盎格鲁－撒克逊人格"、"武士人格"之后，确认中华文化的集体人格范型是“君子”，并以“君子之道”来概括儒家学说。他力排众议，认为儒家学说在政治、社会方面“治国平天下”的各种主张，很少被历代统治者真正采用，早已黯然褪色，而其中最具时间韧性的是一种已经广泛普及于中国民间的人格标准，那就是“做君子，不做小人”。这个论断，使儒学研究和中国文化研究都焕然一新，而又进一步印证了柏杨先生对他的判断：“重新定义了中国人”。

二〇一四年，专著《君子之道》出版。特别让世人瞩目的是，此书在史上第一次系统地研究了君子的对立面——小人，被评为“历代负面人格研究的开山之作”。有一位香港学者撰文说：“在这项研究中，中华文化因为没有被刻意掩饰长久以来的一些阴影，反而变得更立体、更真实、更可信。”由于这本书，余先生再度受到台湾诸多机构的邀请而进行了“环岛演讲”。

除儒家外，余先生还深入研究了中国古代的其他思想体系，指出在“君子之道”之上，还有更重要的一个道，那就是道家的“天道”。为此他又写出了《老子通释》、《周易简释》等一部部厚重的著作，系统地阐明：天人合一、元亨利贞、柔静守中，是中华文化的立世之根。

六、在中国古代三大思想体系中，佛教典籍最为玄奥。现代佛教学者大多难于逐句译释，又无力宏观梳理，致使他们的讲述常常陷于浅俚和驳杂。余先生的《〈心经〉通释》、《〈金刚经〉今译》、《〈坛经〉简释》、《群山问禅》等作品问世，才改变了这种状态。他在北京大学、中国艺术研究院讲授的佛学课程，经由网络视频播出，均创造了很高的收视率。

余先生在阐释这些古代经典的同时，还创造了一种全新的学术形态，那就是，尽力摆脱自清代以来的那种艰涩、烦琐、缠绕的考证痼疾，返璞归真，以通达和明晰，让现代读者直达古哲本源，领略开山大师们的第一风采。当然，能做到这样，需要更深厚的学术功力。

七、“国学”的时尚，在传媒间渐渐泛滥成单向夸张的炫古表演，致使中国古代文学在良莠不分、高低错乱的“泡沫竞吹”中失去了历史的筋骨。为此，余先生早在十几年前就针砭时弊，率先提出了“中国文脉”的命题，主张以批判和选择的眼光，为古代文学“祛脂瘦身”，寻得主脉。他以跨时空的审美高度，在三千年遗产中爬剔、淬炼，终于写成《中国文脉》一书。书中，中国古代文学也就由“日渐痴肥”的形态一变为健美精干的体格，相当于一部颇有魅力的中国文学简史。不久，他应邀到耶鲁大学和纽约大学讲授这一课题。

八、与《中国文脉》相应，余先生又对中国古代文学进行了大规模的今译。他认为，准确而优美的今译，能使枯萎的古典复活，欧洲不少文化大师都做过这件事。由他今译的古典作家，包括庄子、屈原、司马迁、王羲之、陶渊明、刘勰、韩愈、柳宗元、欧阳修、苏东坡，结集成《文典一览》和《古典今译》，出版后受到朗诵专家和古文字家的共同好评。我在网上看到这样一则评论：“别人的今译，常常把一坛古代美酒分解成了一堆现代化学分子式，唯独余先生，保存了千年酒香。”

九、余先生早年的专业基点是西方美学史。但是早在二十世纪八十年代他到上海、北京、香港、新加坡等地的几所大学授课时，已从康德、黑格尔的古典美学转向现代心理美学，代表著作是《观众心理学》。从二十一世纪开始，他又进一步从“虚拟美学”转向“实体美学”，并由此建立中国美学在国际上的独特风范，代表著作是《极品美学》。余先生认为，中国美学历来不以虚拟的概念引领，而总是让概念追随实体，而所有的实体则由“极品”引领。本书由“文本极品”、“现场极品”、“生态极品”三部分组成，反映了中国人在顶级审美领域的稀世历程。显然，这部书在中国美学的研究上，具有界碑的意义。

十、由《观众心理学》，联想到余先生在二十世纪八十年代已经出版的其他重大学术著作如《世界戏剧学》、《中国戏剧史》、《艺术创造学》，每一部都称得上是一个学术高峰。我查资料，发现它们分别获得过“全国优秀教材一等奖”、“哲学社会科学著作奖”等当时最高的学术荣誉。三年前在一次教材研讨会上，我曾邀请香港五位资深教授，对这些著作进行专业评估。他们经过几天研读后认为，《世界戏剧学》的第三、四、十、十一、十二、十三章，《中国戏剧史》的第一、二、三、六章，《艺术创造学》的引论“伟大作品的隐秘结构”，以及《观众心理学》的引论，均“包含着全新的学理创建”。他们还一致认定：“这几部著作，至今仍然可以作为一流的高校教科书”。

十一、余先生尽管被公认“国学巨子”，恰恰又明确反对文化上的“极端国家主义”。他多次坦陈，自己心中的光源，是一种世界性的聚焦。除了道家、儒家、佛家和王阳明的心学外，还有狄德罗、歌德、罗素、荣格、海德格尔、萨特。他精熟西方人文历史，上列这些智慧星座，他都做过深入论述，早在三十年前就淬砺了自己的精神结构。正因为这样，他笔下的中国文化，也就不仅仅属于中国的了。

十二、在上述一系列重大学术成就之外，余先生还是一名几乎全能的文学创作高手。除了散文和“记忆文学”，还创作了剧本、小说、诗歌，每一项都取得了很大成功。他为妻子马兰创作的剧本《秋千架》、《长河》，演出时曾在几个著名大剧院创造了票房纪录，被专家评为“应该进入戏剧史的作品”。在台湾演出时正逢大选，我恰好在当地采访，看到台北剧院门口的广场上拥挤着十几万为大选造势的民众，没有一个剧团敢于在这个时间、这个地点演出，但是，马兰的演出仍然场场爆满，被当地媒体惊叹为“不可思议”。

余先生的剧本和他的小说《信客》、《空岛》一样，既不是现实主义，也不是现代派和后现代，而是深受海明威“非象征的象征”、迪伦马特“非历史的历史”的影响，独自提出了“象征诗学”的构想，实践着他自己提出的“以诗境消解历史，以通俗指向彼岸”的艺术哲学，开启了一种自辟云路的创作高度。

十三、还必须立即补充，余先生又是当代杰出的书法家。二〇一七年五月至六月在北京举办的“余秋雨翰墨展”，参观人数之多，成为中国美术馆建馆半个多世纪以来最为轰动的展览之一。中国书法家协会原主席张海说：“即使秋雨先生没有写过那么多著作，光看书法，也是真正专业的大书法家。”其实，即便在历史上，著作和书法同时壮观的大家，也屈指可数。正因为这样，我听说，在一次大型的慈善拍卖中，余先生的一幅书法作品拍出了最高价。

从几部已经出版的书法、碑楹集来看，余先生可能是现今被邀请为全国各地名胜古迹题写碑文、榜额最多的一个人。究其原因，除了公认的书法水准之外，更因为邀请者们全都相信，余先生的文化美誉度，能够被各方游客敬重。他的笔墨，不会让名胜古迹逊色。

——以上，我为贾平凹先生的评价提供了十几条理由，已经不短，应该归纳几句了。但是作为一名老记者，我还是习惯于采用别人的语言。记得新加坡“总统文化奖”获得者郭宝昆先生多年前曾经这样撰文来总结余先生的文化成就：**“以旷世的才华和毅力，创建了中华文化在当代世界的全新感知系统，既宏大又美丽，功绩无人可及。”**二〇一八年五月，“天下文化事业群”赴上海为余先生隆重颁授奖匾，铭文为**“余秋雨——华文世界最具影响力的一支笔”**。

他出版的书，可以排满整整几堵书壁，而且，几乎每一本都在文化史上开门拓户、巍然自立。有两位华裔教授曾经站在这样的书壁前对我说：“余先生一人的成就规模，从数量到质量，都远远超过了很多研究所。这中间一定有神秘的天命所指，百川合一。”我说，先不论“天命”，我长期从旁观察，只知道有两个最表面的原因，别人也无法仿效。

表面原因之一，他不参与一切应酬、会议、社团。让人难以置信的是，他如此业绩，却不是任何一个级别的代表、委员，也不是任何一个级别的作协、文联会员。这也使他不可能进入文化界的各种“排名”。近十年来，他与外界切割得更加彻底。正因为远避光圈，销声匿迹，他才完全不受干扰地完成了如此宏大的文化工程。

表面原因之二，他不理会一切谣言、诽谤、讹诈。由于文化名声太大又不肯依从何方，他长期遭到香港那家日报，广州那家周报，以及一些职业性文化打手的联手诬陷，在媒体上制造出一个又一个的“事件”，害得很多人至今还在误信。这股力量甚至一度还裹胁权势，企图毁人夺笔，连他妻子马兰也受到牵累，在艺术最辉煌的年月竟然平白无故地失去了工作。但是，他们夫妻为了不污染心境，不浪费时间，全然放弃一切反击、起诉、追究，只说“**马行千里，不洗尘沙**”。

衍语

在结束这篇文章的时候，我又随手翻阅了余先生的文集，发现以前还是漏读了不少文章。

例如，在《修行三阶》一书中读到“破惑”和“安顿”这两大部分，在《暮天归思》一书中读到“大悟、大爱、大美”这三项“生命支点”，在《门孔》一书中读到几位文化前辈在磨难中的人格固守，都使我在精神上获得全方位的皈依，而且皈依得那么恬静和熨帖。

平时对不少流行的观念也心存疑惑，却求解无门，余先生在书中都做了简明的指点。例如，现在很多人把“传统”看作是“文化”的支撑，他不赞成，说“中国文化是一条奔腾向前的大河，而不是河边的枯藤、老树、昏鸦”。还有一些尴尬问题，像以前左右文坛的“刀笔战士”们目前状态如何，上海文化突然失去优势究竟原因何在，等等，他也都进行了有趣的剖析（见《暮天归思》中《刀笔的黄昏》、

《文化的替身》等文）。然而，不管说到哪一种弊病，余先生基于自己的文化辈分，态度都很宽容，只说是“学生们不用功，走偏了”。

最后我要说一句：生在同时代而不读余先生的书，那就实在太可惜了。记得前些年，香港中文大学受托为香港市民开列“古今中外必读书目”八十本，世上那么多作者，唯独余先生一人占了两本。后来应市民要求，书目缩小成五十本，余先生依然占两本。这件事，体现了一种眼光，应该为我们香港鼓掌。

在历史上，真正的文化巨峰少而又少，诚如贾平凹先生所说，“百年难得”。一旦出现，同时代的人往往很难辨识，因为大家被太多流行的价值系统挡住了眼，而文化的高度又无法用权力标尺和财富标尺衡量出来。但是，如果历史还值得信任，那么，高度总会还原。

2021年9月

余秋雨文化大事记

· 1946年8月23日出生于浙江省余姚县桥头镇（今属慈溪），在家乡读完小学。

· 1957年至1963年，先后就读于上海新会中学、晋元中学、培进中学至高中毕业。其间，曾获上海市作文比赛首奖、上海市数学竞赛大奖。

· 1963年考入上海戏剧学院戏剧文学系，但入学后以下乡参加农业劳动为主。

· 1966年夏天遇到了一场极端主义的政治运动，家破人亡。父亲余学文先生因被检举有“错误言论”而被关押十年，全家八口人经济来源断绝；唯一能接济的叔叔余志士先生又被造反派迫害致死。1968年被发配到军垦农场服劳役，每天从天不亮劳动到天全黑，极端艰苦。

· 1971年“九一三事件”后，周恩来总理为抢救教育而布置复课、编教材。从农场回上海后被分配到“各校联合教材编写组”，但自己择定的主要任务是冒险潜入外文书库独自编写《世界戏剧学》，对抗当时以“八个革命样板戏”为代表的文化极端主义。

· 1976年1月，编写教材被批判为“右倾翻案”，又因违反禁令主持周恩来的追悼会而被查缉，便逃到浙江省奉化县大桥镇半山一座封闭的老藏书楼研读中国古代文献，直至此年10月那场政治运动结束，下山返回上海。

· 1977年至1985年，投入重建当代文化的学术大潮，陆续出版了《世界戏剧学》、《中国戏剧史》、《观众心理学》、《艺术创造学》、*Some*

*Observations on the Aesthetics of Primitive Chinese Theatre*等一系列学术著作，先后获全国优秀教材一等奖、上海哲学社会科学著作奖、全国戏剧理论著作奖。

·1985年2月，由上海各大学的学术前辈联名推荐，在没有担任过副教授的情况下直接晋升为正教授。

·1986年3月，因国家文化部在上海戏剧学院举行的三次民意测验中均名列第一，被任命为上海戏剧学院副院长、院长。主持工作一年后，即被文化部教育司表彰为“全国最有现代管理能力的院长”之一。与此同时，又出任上海市咨询策划顾问、上海市写作学会会长、上海市中文专业教授评审组组长兼艺术专业教授评审组组长。被授予“国家级突出贡献专家”、“上海十大高教精英”等荣誉称号。

·1989年至1991年，几度婉拒了升任更高职位的征询，并开始向国家文化部递交辞去院长职务的报告。辞职报告先后共递交了23次，终于在1991年7月获准辞去一切行政职务，包括多种荣誉职务和挂名职务。辞职后，孤身一人从西北高原开始，系统考察中国文化的重要遗址。当时确定的考察主题是“穿越百年血泪，寻找千年辉煌”。在考察沿途所写的“文化大散文”《文化苦旅》、《山居笔记》等，快速风靡全球华文读书界，由此成为最具影响力的华文作家之一。

·1991年5月，发表《风雨天一阁》，在全国开启对历代图书收藏壮举的广泛关注。

·1992年2月开始，先后被多所著名大学聘为荣誉教授或兼职教授，例如复旦大学、上海交通大学、同济大学、上海大学、中国科技大学、西安交通大学等。

·1993年1月，发表《一个王朝的背影》，首次充分肯定少数民族王朝入主中原的特殊生命力，重新评价康熙皇帝，开启此后多年“清宫戏”的拍摄热潮。

· 1993年3月，发表《流放者的土地》，首次系统揭示清朝统治集团迫害和流放知识分子的凶残面目，并展现筚路蓝缕的"流放文化"。

· 1993年7月，发表《苏东坡突围》，刻画了中国文化史上最有吸引力的人格典范，借以表现优秀知识分子所必然面临的一层层来自朝廷和同行的酷烈包围圈，以及"突围"的艰难。此文被海峡两岸暨香港、澳门的报刊广为转载。

· 1993年9月，发表《千年庭院》，颂扬了中国古代最优秀的教学方式——书院文化，发表后在全国教育界产生不小影响。

· 1993年11月，发表《抱愧山西》，首次系统描述并论证了中国古代最成功的商业奇迹——晋商文化，为当时正在崛起的经济热潮寻得了一个古代范本。此文发表后读者无数，传播广远。

· 1994年3月，发表《天涯故事》，首次梳理了沉埋已久的海南岛文化简史，并把海南岛文化归纳为"生态文明"和"家园文明"，主张以吸引旅游为其发展前景。

· 1994年5月至7月，发表长篇作品《十万进士》（上、下），首次完整地清理了千年科举制度对中国文化的正面意义和负面意义。

· 1994年9月，发表《遥远的绝响》，描述魏晋名士对中国文化的震撼性记忆。由于文章格调高尚凄美，一时轰动文坛。

· 1994年11月，发表《历史的暗角》，首次系统列述了"小人"在中国文化中的隐形破坏作用，以及古今君子对这个庞大群体的无奈。发表后在海峡两岸暨香港、澳门引起巨大反响，被公认为"研究中国负面人格的开山之作"。

· 1995年4月，应邀为四川都江堰题写自拟的对联"拜水都江堰，问道青城山"，镌刻于该地两处。

· 1996年7月，多家媒体经调查共同确认余秋雨为"全国被盗版最严重的写作人”，由此被邀请成为“北京反盗版联盟”的唯一个人会员，并被聘为“全国扫黄打非督导员（督察证为B027号）”。

·1998年6月，新加坡召集规模盛大的“跨世纪文化对话”而震动全球华文世界。对话主角是四个华人学者，除首席余秋雨教授外，还有哈佛大学的杜维明教授、威斯康星大学的高希均教授和新加坡艺术家陈瑞献先生。余秋雨的演讲题目是《第四座桥》。

·1999年2月，为妻子马兰创作的剧本《秋千架》隆重上演，极为轰动，打破了北京长安大戏院的票房纪录。在台湾地区演出更是风靡一时，场场爆满。

·1999年开始，引领和主持香港凤凰卫视对人类各大文明遗址的历史性考察，成为目前世界上唯一贴地穿越数万公里危险地区的人文教授，也是“9·11”事件之前最早向文明世界报告恐怖主义控制地区实际状况的学者。由此被日本《朝日新闻》选为“跨世纪十大国际人物”。

·2002年4月，应邀为李白逝世地撰写《采石矶碑》（含书法），镌刻于安徽马鞍山三台阁。

·从2000年开始，由于环球考察在海内外所造成的巨大影响，国内一些媒体为了追求“逆反刺激”的市场效应而发起诽谤。先由北京大学一个学生误信了一个上海极左派文人的传言进行颠倒批判，即把当年冒险潜入外文书库独自编写《世界戏剧学》的勇敢行动诬陷为“文革写作”，并误植了笔名“石一歌”。由此，形成十余年的诽谤大潮，并随之出现了一批“啃余族”。余秋雨先生对所有的诽谤没有做任何反驳和回击，他说：“马行千里，不洗尘沙。”

·2003年7月，由于多年来在中央电视台的文化栏目中主持“综合文史素质测试”而成为全国观众的关注热点，上海一个当年的造反派代表人物就趁势做逆反文章，声称《文化苦旅》中有很多“文史差错"，全国上百家报刊转载。10月19日，我国当代著名文史权威章培恒教授发文指出，经他审读，那个人的文章完全是"攻击"和"诬陷"，而那个人自己的"文史知识"连一个高中生也不如。

·2004年2月，由于有关"石一歌"的诽谤浪潮已经延续四年仍未有消停迹象，余秋雨就采取了"悬赏"的办法。宣布"只要证明本人曾用这个笔名写过一篇、一段、一节、一行、一句这种文章，立即支付自己的全年薪金"，还公布了执行律师的姓名。十二年后，余秋雨宣布悬赏期结束，以一篇《"石一歌"事件》做出总结。

·2004年3月，参加联合国开发计划署《人类发展报告》的设计、研讨和审核。

·2004年年底，被联合国教科文组织、北京大学、《中华英才》杂志社等单位选为"中国十大文化精英"、"中国文化传播坐标人物"。

·2005年4月，应邀赴美国巡回演讲：

1）4月9日讲《中国文化的困境和出路》（在纽约市立大学亨特学院）；

2）4月10日讲《中国知识分子的问题所在》（在北美华文作家协会）；

3）4月12日上午讲《空间意义上的中华文化》（在马里兰大学）；

4）4月12日下午讲《君子的脚步》（在华盛顿国会图书馆）；

5）4月13日讲《时间意义上的中华文化》（在耶鲁大学）；

6）4月15日讲《中国文化所追求的集体人格》（在哈佛大学）；

7）4月17日讲《中华文化的三大优势和四大泥潭》（在休斯敦美南华文写作协会）。

·2005年7月20日，在联合国"世界文明大会"上发表主旨演讲《利玛窦的结论》，论述中国文明自古以来的非侵略本性，引起极大轰动。演说的论据，后来一再被各国政界、学界引用。收入书籍时，标题改为《中华文化的非侵略本性》。

·2005年11月，应邀撰写《法门寺碑》(含书法)，镌刻于陕西法门寺大雄宝殿前的影壁。

·2006年4月，应邀撰写《炎帝之碑》(含书法)，镌刻于湖南株洲炎帝陵纪念塔。

·2005年至2008年，被香港浸会大学聘请为“健全人格教育奠基教授”，每年在香港工作时间不少于半年。

·2006年，在香港凤凰卫视开办日播栏目《秋雨时分》，以一整年时间畅谈中华文化的优势和弱势，播出后在海内外产生广泛影响。

·2007年1月，发表《问卜中华》，详尽叙述了甲骨文的出土在中国文明濒临湮灭的二十世纪初年所带来的神奇力量，同时论述了商代的历史面貌。

·2007年3月，发表《古道西风》，系统叙述了中华文化的两大始祖老子和孔子的精神风采。

·2007年5月，发表《稷下学宫》，对比古希腊的雅典学院，将两千年前东西方两大学术中心进行平行比照。

·2007年7月，发表《黑色的光亮》，以充满感情的笔触表现了平民思想家墨子的人格光辉。

·2007年8月，应邀为七十年前解救大批犹太难民的中国外交官何凤山博士撰写碑文(含书法)，镌刻于湖南益阳何凤山纪念墓地。

·2007年9月，发表《诗人是什么》，论述“中国第一诗人”屈原为华夏文明注入的诗化魂魄，分析了他获得全民每年纪念的原因，并解释了一些历史误会。

·2007年11月，发表《历史的母本》，以最高坐标评价了司马迁为整个中华民族带来的历史理性和历史品格。

· 2008年5月12日，中国发生“汶川大地震”，第一时间赶到灾区参加救援。见到遇难学生留在废墟间的破残课本，决定以夫妻两人三年薪水的总和默默捐建三个学生图书馆，却被人在网络上炒作成“诈捐”，在全国范围喧闹了两个月之久。后由灾区教育局一再说明捐建实情，又由王蒙、冯骥才、张贤亮、贾平凹、刘诗昆、白先勇、余光中等名家纷纷为三个学生图书馆题词，风波才得以平息。

· 2008年9月，上海市教育委员会颁授成立“余秋雨大师工作室”。上海市静安区政府决定为“余秋雨大师工作室”赠建办公小楼。

· 2008年12月，为妻子马兰创作的中国音乐剧《长河》在上海大剧院隆重上演，受到海内外艺术精英的极高评价。

· 2009年5月，应邀为山西大同云冈石窟题词“中国由此迈向大唐”，镌刻于石窟西端。

· 2010年1月，《扬子晚报》在全国青少年读者中做问卷调查“你最喜爱的中国当代作家”，余秋雨名列第一。“冠军奖座”是钱为教授雕塑的余秋雨铜像。

· 2010年3月27日，获澳门科技大学所颁“荣誉文学博士”称号。同时获颁荣誉博士称号的有袁隆平、钟南山、欧阳自远、孙家栋等著名专家。

· 2010年4月30日，接受澳门科技大学任命，出任该校人文艺术学院院长。宣布在任期间每年年薪五十万港元全数捐献，作为设计专业和传播专业研究生的奖学金。

· 2010年5月21日，联合国发布自成立以来第一份以文化为主题的“世界报告”，发布仪式的主要环节，是联合国教科文组织总干事博科娃女士与余秋雨先生进行一场对话。余秋雨发言的标题为《驳“文明冲突论”》。

·2012年1月至9月，最终完成以莱辛式的“极品解析”方法来论述中国美学的著作《极品美学》。

·2012年10月12日，中国艺术研究院成立“秋雨书院”。北京众多著名学者、企业家出席成立大会，并热情致辞。该书院是一个培养博士生的高层教学机构，现培养两个专业的博士研究生：一、中国文化史专业；二、中国艺术史专业。

·2013年10月18日下午，再度应邀赴美国纽约联合国总部大厦演讲《中华文化为何长寿》。当天联合国网站将此演讲列为国际第一要闻。

·2013年10月20日，在纽约大学演讲《中国文脉简述》。

·2013年12月，完成庄子《逍遥游》的巨幅行草书写，并将《逍遥游》译成可诵可吟的现代散文。

·2014年1月，完成屈原《离骚》的巨幅行书书写，并将《离骚》译成可诵可吟的现代散文。

·2014年1月31日，完成《祭笔》。此文概括了作者自己握笔写作的艰辛历程。

·2014年3月，发表以现代思维解析《般若波罗蜜多心经》的文章《解经修行》，并由此开始写作《修行三阶》、《〈金刚经〉简释》、《〈坛经〉简释》。

·2014年4月，《余秋雨学术六卷》出版发行。

·2014年5月，古典象征主义小说《冰河》（含剧本）出版发行。

·2014年8月，系统论述中华文化人格范型的《君子之道》出版发行，立即受到海峡两岸读书界的热烈欢迎。

·2014年10月，《秋雨合集》二十二卷出版发行。

·2014年10月28日，出任上海图书馆理事长。

· 2015年3月，再度应邀在海峡对岸各大城市进行“环岛巡回演讲”，自台北市、新北市、台中市到高雄市。双目失明的星云大师闻讯后从澳大利亚赶回，亲率僧侣团队到高雄车站长时间等待和迎接。这是余秋雨自1991年后第四次大规模的环岛演讲。本次演讲的主题是“中华文化和君子之道”。

· 2015年4月，悬疑推理小说《空岛》和人生哲理小说《信客》出版。

· 2015年9月，应邀为佛教胜地普陀山书写《心经》，镌刻于该岛回澜亭。

· 2016年3月，应邀为佛教胜地宝华山书写《心经》，镌刻于该山平台。

· 2016年7月，中华书局出版《中华文化读本》七卷，均选自余秋雨著作。

· 2016年11月，被选为世界余氏宗亲会名誉会长。

· 2017年5月25日至6月5日，中国美术馆举办“余秋雨翰墨展”（中国艺术研究院主办），参观者人山人海，成为中国美术馆建馆半个多世纪以来最为轰动的展出之一。中国文联主席兼中国作协主席铁凝说：“这个展览气势恢宏，彰显了秋雨先生令人慨叹的文化成就，使我对先生的为人和为文有了新的感受。”中国书法家协会原主席张海说：“即使秋雨先生没有写过那么多著作，光看书法，也是真正专业的大书法家。”国务院参事室主任王仲伟说：“余先生的书法作品，应该纳入国家收藏。”据统计，世界各地通过网络共享这次翰墨展的华侨人数，超过千万。

· 2017年9月，记忆文学集《门孔》出版发行。此书被评为《中国文脉》的当代续篇，其中有的文章已成为近年来网上最轰动的篇目。作者以自己的亲身交往描写了巴金、黄佐临、谢晋、章培恒、陆谷孙、星云大师、饶宗颐、金庸、林怀民、白先勇、余光中等一代文化巨匠，同时也写了自己与妻子马兰的情感历程。作者对《门孔》这一书名的阐释是："守护门庭，窥探神圣。"

·2017年12月，《境外演讲》出版发行。此书收集了作者在联合国的三次演讲，又汇集了在美国各地和我国港澳地区巡回演讲和电视讲座的部分记录，被专家学者评为"打开中华文化之门的钥匙"。

·2018年全年，应喜马拉雅网上授课平台之邀，把中国艺术研究院"秋雨书院"的博士课程向全社会开放，播出《中国文化必修课》。截至2019年10月，收听人次已经超过六千万。

·2019年至2020年，在全民防疫期间，闭户静心，总结以往研究成果，完成了《老子通释》、《周易简释》、《佛典译释》、《文典一览》、《山川翰墨》这五大古典工程的全部文本及书法。

（周行、刘超英整理，经余秋雨大师工作室校核）

图书在版编目（CIP）数据

暮天归思 / 余秋雨著 . —北京：北京联合出版公司，2023.4

ISBN 978-7-5596-6615-4

Ⅰ . ①暮… Ⅱ . ①余… Ⅲ . ①散文集 – 中国 – 当代 Ⅳ . ① I267

中国国家版本馆 CIP 数据核字（2023）第 011600 号

暮天归思

作　　者：余秋雨

出 品 人：赵红仕

责任编辑：张　萌

北京联合出版公司出版

（北京市西城区德外大街 83 号楼 9 层　100088）

北京盛通印刷股份有限公司印刷　新华书店经销

字数 205 千字　　700 毫米 ×980 毫米　1/16　印张：18.75

2023 年 4 月第 1 版　2023 年 4 月第 1 次印刷

ISBN 978-7-5596-6615-4

定价：98.00 元

磨铁

总 策 划：金克林
封面设计：石　磊

责任编辑：张　萌
监　　制：魏　玲
特约策划：何　寅
产品经理：杨海泉
特约编辑：刘　倩
营销统筹：金　颖

排版制作：九章文化

上架建议：文学 散文

ISBN 978-7-5596-6615-4

9 787559 666154 >

定价：98.00 元